शेर-ओ-शायरी
मीर

मोहम्मद तक़ी

Neelkanth
Prakashan

प्रकाशक : नीलकंठ प्रकाशन
पता : 4760-61, 23, अंसारी रोड
दरियागंज, नई दिल्ली -110002
फ़ोन: 9810675061
व्हाट्सएप नंबर: +91 9810675061

ईमेल: neelkanthprakashan47@gmail.com

शेर-ओ-शायरी : मीर

मोहम्मद तक़ी

ISBN: 978-93-6144-724-2

संस्करण:2025

मोहम्मद तक़ी "मीर"

परिचय

मोहम्मद तक़ी एक प्रसिद्ध इस्लामी विद्वान, दार्शनिक, और आध्यात्मिक विचारक के रूप में जाने जाते हैं। उनका नाम अक्सर इस्लामी इतिहास और शिया विचारधारा के संदर्भ में सम्मानपूर्वक लिया जाता है। उन्होंने अपने जीवन में धार्मिक शिक्षा के प्रचार-प्रसार, आध्यात्मिक मार्गदर्शन और नैतिक मूल्यों की स्थापना के लिए अमूल्य योगदान दिया। वे समाज में ज्ञान, संयम, न्याय और ईमानदारी के प्रतीक माने जाते हैं।

हालांकि "मोहम्मद तक़ी" नाम इतिहास में कई व्यक्तित्वों से जुड़ा है, इस लेख में हम मुख्यतः इमाम मोहम्मद तक़ी अल-जव्वाद (अलैहिस्सलाम) के जीवन और योगदान का परिचय दे रहे हैं, जो शिया मुसलमानों के नौवें इमाम थे। वे इस्लाम के उन महान नेताओं में गिने जाते हैं जिन्होंने अपने ज्ञान, बुद्धिमत्ता और सहिष्णुता से समाज को दिशा दी।

प्रारंभिक जीवन

इमाम मोहम्मद तक़ी का जन्म 8 रजब 195 हिजरी (लगभग 811 ईस्वी) को मदीना नगर में हुआ था। वे आठवें शिया इमाम इमाम अली रज़ा (अ.स.) के पुत्र थे। इनकी माता का नाम "सबिका" या "खैरान" था, जो अत्यंत धार्मिक और सादा जीवन जीने वाली महिला थीं।

इमाम मोहम्मद तक़ी ने बहुत छोटी उम्र में ही अद्वितीय बुद्धिमत्ता और आध्यात्मिक परिपक्वता का परिचय देना शुरू कर दिया था। उनके ज्ञान और तर्कशक्ति से बड़े-बड़े विद्वान भी प्रभावित थे।

इमामत और चुनौतियाँ

इमाम अली रज़ा (अ.स.) की शहादत के बाद, मोहम्मद तक़ी केवल आठ वर्ष की आयु में शिया मुसलमानों के नौवें इमाम बने। यह घटना अपने-आप में ऐतिहासिक थी, क्योंकि इतनी कम उम्र में किसी का नेतृत्व स्वीकार करना समुदाय के लिए एक परीक्षा थी।

कई लोगों ने उनकी उम्र को लेकर संदेह प्रकट किया, लेकिन इमाम ने अपने ज्ञान और तर्क के माध्यम से यह सिद्ध कर दिया कि इमामत उम्र पर नहीं, बल्कि ईश्वरीय ज्ञान और गुणों पर आधारित होती है। एक प्रसिद्ध किस्सा है जब अब्बासी खलीफा मुअतसिम ने उन्हें दरबार में आमंत्रित किया और धार्मिक मामलों पर चर्चा की, जहाँ इमाम तक़ी ने अपने उत्तरों से सबको प्रभावित कर दिया।

ज्ञान और शिक्षाएं

इमाम मोहम्मद तक़ी का जीवन पूरी तरह से शिक्षा, नैतिकता और न्याय की स्थापना को समर्पित था। उन्होंने कहा:

"धर्म के बिना दुनिया अंधकारमय है, और ज्ञान के बिना धर्म अधूरा है।"

उन्होंने हमेशा युवाओं को शिक्षा, आत्म-नियंत्रण और समाज में सक्रिय योगदान देने के लिए प्रेरित किया। उनका मानना था कि एक शिक्षित समाज ही सच्चे इस्लामी आदर्शों को समझ सकता है।

उनकी प्रमुख शिक्षाओं में शामिल हैं:

- सत्य और न्याय के मार्ग पर चलना
- गरीबों और जरूरतमंदों की सेवा
- नैतिकता और ईमानदारी से जीवन व्यतीत करना
- धार्मिक सहिष्णुता और संवाद को बढ़ावा देना

आध्यात्मिक योगदान

इमाम तक़ी ने अपने अनुयायियों को आत्मा की शुद्धता, संयम और आध्यात्मिक विकास के रास्ते पर चलने की शिक्षा दी। वे तसव्वुफ़ (सूफ़ी विचारधारा) के भी निकट थे और दिलों को जोड़ने की बात करते थे, न कि तोड़ने की।

उन्होंने इबादत (प्रार्थना), दुआ (मांगना), और तवक्कुल (ईश्वर पर विश्वास) को जीवन का आधार माना और कहा कि इंसान को हमेशा अपने कर्मों के प्रति सजग रहना चाहिए।

शहादत और विरासत

इमाम मोहम्मद तक़ी की शहादत 220 हिजरी (लगभग 835 ईस्वी) में बग़दाद में हुई। ऐसा माना जाता है कि उन्हें अब्बासी खलीफा मुअतसिम के आदेश पर विष दिया गया था। उनकी मृत्यु इस्लामिक इतिहास में एक महान क्षति थी।

उनकी दरगाह (मज़ार) बग़दाद के काज़िमैन क्षेत्र में स्थित है, जहाँ आठवें इमाम इमाम मूसा अल-काज़िम (अ.स.) भी दफ़न हैं। यह स्थान आज भी श्रद्धालुओं के लिए अत्यंत पवित्र है।

निष्कर्ष

मोहम्मद तक़ी एक ऐसे व्यक्तित्व थे जिन्होंने बहुत कम उम्र में ही अपने ज्ञान, धर्मनिष्ठा और उच्च आचरण से पूरी इस्लामी दुनिया को प्रभावित किया। वे केवल शिया मुसलमानों के इमाम नहीं, बल्कि संपूर्ण मानवता के लिए प्रेरणास्रोत थे। उनका जीवन यह सिखाता है कि उम्र मायने नहीं रखती, यदि उद्देश्य पवित्र और मार्ग सत्य हो। उनके विचार और शिक्षाएँ आज भी समाज को मार्गदर्शन देती हैं।

1

अब के बहुत है शोरे बहारां[1] हमको मत ज़ंजीर करो
दिल से हवस[2] टुक हम भी निकालें घूमे हमको मचाने दो

अरसा[3] कितना सरे जहां[4] का वहशत[5] पर जो आ जावें
पाँव तो हम फैला देंगे, पर फ़ुर्सत हमको पाने दो

क्या जाता है इसमें हमारा चुपके हम तो बैठे हैं
दिल जो समझना था सो समझा, नासेह[6] को समझाने दो

बात बनाना मुश्किल-सा है, शे'र सभी यां कहते हैं
फ़िक्रे बलन्द[7] से यारों को इक ऐसी ग़ज़ल कहलाने दो

---

1. बहारों का शोर 2. लोलुपता 3. अवधि 4. संसार 5. पागलपन 6. उपदेशक उच्च कल्पना।

2

अब तो चुप लग गयी है हैरत[1] से
फिर खुलेगी ज़ुबान जब की बात

नुक्ता दानाने रफ़्ता[2] की न कहो
बात वो है जो होवे अब की बात

किसका रू ए सुख़न[3] नहीं है इधर
है नज़र में हमारी सब की बात

ज़ुल्म है क़हर[4] है क़यामत[5] है
ग़ुस्से में उसके ज़ेरे लब[6] की बात

1. आश्चर्य 2. कला मर्मज्ञ 3. सम्बोधन 4. विपत्ति 5. प्रलय 6. होठों ही होठों में।

3

अल्लाह रे अन्दलीब[1] की आवाज़े दिलख़राश[2]
जी ही निकल गया जो कहा उन ने हाय गुल

मक़्दूर[3] तक शराब से रख अखड़ियों में रंग
ये चश्मक-ए-प्याला है साक़ी हवा-ए-गुल

बुलबुल हज़ार जी से ख़रीदार उसकी है
ऐ गुलफ़रोश[6] करियो समझकर बहा ए गुल[7]

गुलचीं[8] समझ के चुनियो कि गुलशन में 'मीर' के
लख़्ते जिगर[9] पड़े हैं नहीं बर्ग हाए गुल[10]

---

1. बुलबुल 2. दिल को चीर देने वाली आवाज़ 3. साहस 4. प्याले का इशारा 5. फूल की इच्छा 6. फूल बेचने वाला 7. फूल का मूल्य 8. फूल तोड़ने वाला 9. जिगर का टुकड़ा 10. फूल की कलियाँ।

3

अल्लाह रे ग़ुरूर ए नाज़[1] तेरा
मुतलक़[2] नहीं हमसे साज़[3] तेरा

हमसे कि तुझी को जानते हैं
जाता नहीं एहतेराज़[4] तेरा

मिल जिनसे शराब तू पिये है
कह देते हैं वो ही राज़[5] तेरा

कुछ इश्क़ ओ हवस[6] में फ़र्क़ भी कर
किधर है वो इम्तियाज़[7] तेरा

कहते न थे 'मीर' मत छुड़ा कर
दिल हो न गया गुदाज़[8] तेरा

---

1. घमण्ड 2. बिल्कुल 3. मेल 4. हस्तक्षेप 5. भेद 6. प्रेम और लोलुपता 7. अन्तर 8. कोमल।

5

आग-सा तू जो हुआ ऐ गुले तर[1] आन[2] के बीच
सूर की बाव[3] ने क्या फूँक दिया कान के बीच

हाल गुलज़ारे ज़माना[4] का है जैसे कि शफ़क़[5]
रंग कुछ और ही हो जाए है इक आन के बीच

ताक[6] की छांव में जूं मस्त पड़े सोते हैं
ऐंडती हैं निगहें[7] साया ए मिज़शगान[8] के बीच

हम न कहते थे कहीं ज़ुल्फ़ कहीं रुख़[10] न दिखा
इक ख़िलाफ़[11] आया न हिन्दू ओ मुसलमान के बीच

---

1. ताज़ा फूल 2. क्षण 3. प्रातःकाल की हवा 4. वागरूपी संसार 5. अरुणिमा 6. अंगूर की बेल 7. दृष्टि 8. पलकों का साया 9. बालों की लट 10. चेहरा 11 विरोध 12. फ़रिश्तापन के बाद भी 13. फ़रिश्ता 14. पवित्रता 15. मानव 16 ग़ज़लों का संग्रह।

बावज़ूद ए मिलकियत[12] न मलक[13] में पाया
वो तक़द्दुस[14] कि जो है हज़रते इंसान[15] के बीच

जैसी इज़्ज़त मेरी दीवां[16] में अमीरों के हुई
वैसी ही उनकी भी होगी मेरे दीवान के बीच

घर में आईने के कब तक तुम्हें नाज़ां[17] देखूं
कभी तो आओ मेरे दीद ए हैरान[18] के बीच

17. नाज़ करते हुए 18. आश्चर्य में डूबी हुई आँखें।

6

आजकल बेक़रार[1] हैं हम भी
बैठ जा चलने हार हैं हम भी

आन में कुछ हैं, आन में कुछ हैं
तोहफा ए रोज़गार[2] हैं हम भी

मना' ए गिरिया[3] न कर तू ऐ नासेह[4]
इसमें बेइख़्तियार[5] हैं हम भी

मुद्दई[6] को शराब[7] हमको ज़हर
आक़बत[8] दोस्तदार[9] हैं हम भी

गर ज़ख़ुद रफ़्ता[10] है तेरे नज़्दीक़[11]
अपने तो यादगार हैं हम भी

'मीर' नाम इक ज़वां सुना होगा
उसी आशिक़[12] के यार[13] हैं हम भी

---

1. बेचैन 2. दुनिया की भेंट 3. रोने से मना करना 4. उपदेशक 5. बरबस 6. प्रतिवादी 7. भागीदार 8. अन्तत: 9. मित्र 10. बेसुध 11. निकट 12. प्रेमीजन 13. मित्र।

7

आज हमें बेताबी[1] सी की सब[2] की दिल से रुख़्सत[3] थी
चारों ओर निगह करने में आलम-आलम[4] हसरत[5] थी

बदनामी क्या इश्क़ की कहिये रुस्वाई[6] सी रुस्वाई है
सहरा-सहरा[7] वहशत[8] भी थी दुनिया-दुनिया तुह्मत[9] थी

राह की कोई सुनता न था यां रस्ते में मानिन्दे जरस[10]
शोर-सा[11] करते जाते थे हम बात की किसको ताक़त थी

ह्द हमारा तेरा है ये जिस में गुम है मेह्र-ओ-वफ़ा
अगले ज़माने में तो यही लोगों की रस्म-ओ-आदत थी

ख़ाली हाथ सियह-रू ऐसे काहे को थे गिर्या-कुनाँ
जिन रोज़ों दरवेश हुए थे पास हमारे दौलत थी

जो उठता है या से बगूला हम-सा है आवारा कोई
इस वादी[12] में 'मीर' मगर सरगश्ता[13] किसू की तुरबत[14] थी

---

1. बेचैनी 2. धीरज 3. विदाई 4. संसार 5. इच्छा 6. बदनामी 7. जंगल 8. पागलपन 9. आरोप 10. कारवां की घण्टियों की आवाज़ की भाँति 11. कोलाहल 12. घाटी 13. आवारा 14. क़ब्र।

8

आ जायें हम नज़र जो कोई दम बहुत है यां
मुहलत हमें बसाने शरर[1] कम बहुत है यां

हासिल[2] है क्या सिवा ए तराई के दह्र[3] में
उठ आसमां[4] तले से कि शबनम[5] बहुत है यां

इस बुतक़दे[6] में माना[7] का किससे करें सवाल
आदम नहीं है सूरते आदम बहुत है यां

आलम[8] में लोग मिलने की गो अब नहीं रहे
हरचन्द[9] ऐसा-वैसा तो आलम बहुत है यां

मेरे हलाक[10] करने का ग़म है अबस[11] तुम्हें
तुम शाद[12] ज़िन्दगानी करो ग़म बहुत है यां

शायद कि काम सुबह तक अपना खिंचे न 'मीर'
अहवाल[13] आज शाम से दरहम[14] बहुत है यां

---

1. चिनगारी की भाँति 2. प्राप्त 3. संसार 4. आकाश 5. ओस 6. मन्दिर 7. आशय 8. संसार 9. यद्यपि 10. क़त्ल 11. व्यर्थ 12. प्रसन्न 13. हाल 14. अस्त-व्यस्त।

9

आती है ख़ून की बू दोस्ती ए यार के बीच
जी लिये उन ने हज़ारों के यूं ही प्यार के बीच

किसकी ख़ूबी[1] के तलबगार[2] हैं इज़्ज़ते तलबा[3]
ख़िर्क़े बिकने को चले आते हैं बाज़ार के बीच

तौबा सद बार[5] कि मस्ती में पिरो डाले हैं
दाने तस्बीह[6] के मैं रिश्ता ए ज़ुन्नार[7] के बीच

आर्ज़ूमन्द[8] है ख़ुरशीद[9] मयस्सर[10] है कहाँ
कि तुनुक[11] ठहरे तेरे साया ए दीवार के बीच

मिल गया फूलों में इस रंग से करते हुए सैर
कि तअमुल[12] किसे पाया उसे गुलज़ार[13] के बीच

---

1. अच्छाई 2. इच्छुक 3. प्रतिष्ठा के अभिलाषी 4. कपड़े 5. सौ बार 6. जपमाला 7. जनेऊ के धागे 8. इच्छुक 9. सूरज 10. उपलब्ध 11. थोड़ा-सा 12. झिझक 13. बाग़।

10

आराम हो चुका मेरे जिस्मे न
ज़ार[1] को
रक्खे ख़ुदा जहाँ में दिले बेक़रार को

पानी पे जैसे ग़ुंचा ए लाला[2] फिरे बहा
देखा मैं आंसुओं में दिले दाग़दार[3] को

हँसता ही मैं फिरूं जो मेरा कुछ हो इख़्तियार[4]
पर क्या करूं मैं दीदा ए बेइख़्तियार[5] को

किस-किसकी ख़ाक अब के मिलानी है ख़ाक में
जाती है फिर नसीम[6] उसी रहगुज़ार[7] को

ऐ वो कोई जो आज पिये है शराबे ऐश[8]
ख़ातिर[9] में रखिये कल के भी रंज ओ ख़ुमार[10] को

---

1. कमज़ोर शरीर 2. लाला की कली 3. दाग़ों से भरा हृदय 4. अधिकार 5. जिन आँखों पर अधिकार न हो 6. हवा 7. रास्ता 8. विलास की शराब 9. हृदय 10. दुःख और नशा।

11

इधर से अब्र[1] उठकर जो गया है
हमारी ख़ाक पर भी रो गया है

मसाइब[2] और थे पर दिल का जाना
अजब इक सानिहा-सा[3] हो गया है

मुक़ामिर ख़ाना ए आफ़ाक़[4] वो है
कि जो आया है या कुछ खो गया है

सिरहाने 'मीर' के आहिस्ता बोलो
अभी टुक रोते-रोते सो गया है

---

1. बादल 2. मुसीबतें 3. दुर्घटना 4. संसार का जुआघर।

12

इश्क़[1] में ऐ हमरिहां[2] कुछ तो किया चाहिए
गिरिया ओ शोरो फ़ुग़ां[3] कुछ तो किया चाहिए

हाथ रखे हाथ पर बैठे हो क्या बेख़बर[4]
चलने को है कारवां[5] कुछ तो किया चाहिए

क्या करूं दिल ख़ूं करूं शे'र ही मौजूं[6] करूं
चलती है अब तक ज़ुबां कुछ तो किया चाहिए

ये तो दोस्ती नहीं हम से जो तुम को रही
पासे दिल[7] ऐ दोस्तां[8] कुछ तो किया चाहिए

'मीर' नहीं पीर[9] तुम काहिली अल्लाह रे
नामे ख़ुदा हो जवां कुछ तो किया चाहिए

---

1. प्यार 2. मित्रों 3. आँसू और चीख-पुकार 4. निश्चिन्त 5. काफिला 6. प्रासंगिक 7. दिल का आदर 8. मित्रों 9. पहुँचा हुआ सन्त।

13

इश्क़ में जी को सब्र ओ ताब[1] कहाँ
उससे आँखें लगीं तो ख़्वाब[2] कहाँ

हस्ती[3] अपनी है बीच में परदा
हम न होवें तो फिर हिज़ाब[4] कहाँ

गिरिया ए शब[5] से सुर्ख़ हैं आँखें
मुझ बलानोश[6] को शराब कहाँ

इश्क़ है आशिकों के जलने को
ये ज़हन्नुम[7] में है अज़ाब[8] कहाँ

इश्क़ का घर है 'मीर' से आबाद
ऐसे फिर ख़ानमां ख़राब[9] कहाँ

---

1. धैर्य और साहस 2. स्वप्न 3. अस्तित्व 4. परदा 5. रात को रोना 6. बहुत पीने वाला 7. नरक 8. नारकीय पीड़ा 9. जिसका घर बरबाद हो चुका हो।

14

इश्क़ में ने ख़ौफ़ ओ ख़तर[1] चाहिए
जान के देने को जिगर[2] चाहिए

क़ाबिले आग़ोशे सितम दीदगां[3]
अश्क-सा[4] पाकीज़ा[5] गुहर[6] चाहिए

कम है शनासा-ए-ज़र-ए-दाग़-ए-दिल
उस के परखने को नज़र चाहिए

शर्त सलीक़ा[8] है हर इक अम्र[9] में
ऐब[10] भी करने को हुनर[11] चाहिए

जैसे जरस पारा गुलो क्या करूँ
नाला-ओ-अफ़ग़ाँ में असर चाहिए

ख़ौफ़ क़यामत का यही है कि 'मीर'
हमको जिया बारे दिगर[12] चाहिए

---

1. भय 2. साहस 3. अन्याय सहने वालों की गोद के योग्य 4. आँसू 5. पवित्र 6. मोती 7. दिल के दाग़ की दौलत को परखने वाला 8. ढंग 9. काम 10. दुर्गुण 11. गुण 12. दूसरी बार।

15

उम्र-भर हम रहे शराबी से
दिले पुरख़ूं[1] की इक गुलाबी[2] से

जी ढहा जाये है सहर से आह
रात गुज़रेगी किस ख़राबी से

खिलना कम-कम कली ने सीखा है
उसकी आँखों की नीमख़्वाबी[3] से

काम थे इश्क़ में बहुत पर 'मीर'
हम ही फ़ारिग़[4] हुए शिताबी[5] से

---

1. ख़ून से भरा हुआ दिल 2. शराब 3. अर्धनिद्रा की दशा 4. निवृत्त 5. जल्दी।

16

उलटी हो गयीं सब तदबीरें कुछ न दवा ने काम किया
देखा इस बीमारी-ए-दिल ने आख़िर काम तमाम किया

अहदे जवानी[1] रो-रो काटा, पीरी[2] में लीं आँखें मूंद
यानी रात बहुत थे जागे, सुबह हुई आराम किया

नाहक़ हम मज्बूरों पर ये तुह्मत[3] है मुख्तारी[4] की
चाहते हैं सो आप करे हैं, हमको अबस[5] बदनाम किया

किसका का'बा, कैसा क़िब्ला, कौन हरम[7] है, क्या ऐहराम[8]
कूचे के उसके बाशिन्दों ने सबको यहीं से सलाम किया

यां के सुपैदो सियह में हमको दख़्ल जो है, सो इतना है
रात को रो-रो सुबह किया या दिन को जों-तों शाम किया

'मीर' के दीनो मज़हब को अब पूछते क्या हो, उनने तो
क़श्क़ा[10] खेंचा, दैर में बैठा, कब का तर्क[12] इस्लाम किया

---

1. जवानी का ज़माना, 2. बुढ़ापा 3. आरोप 4. स्वाधीनता 5. व्यर्थ 6. का'बा 7. मस्जिद 8. हज़ करते समय पहने जाने वाले विशेष वस्त्र 9. हस्तक्षेप 10. तिलक 11. मन्दिर 12. सम्बन्ध विच्छेद करना।

17

उसका ख़िराम[1] देख के जाया न जायेगा
ऐ कब्क[2] फिर बहाल[3] भी जाया न जायेगा

हम कशतगान इश्क़[4] हैं अबरू[5] ओ चश्मे यार[6]
सर से हमारे तेग़ का साया न जायेगा

हम रहरवाने राहे फ़ना[7] हैं बरंगे उम्र[8]
जावेंगे ऐसे खोज भी पाया न जायेगा

अब देख ले कि सीना भी ताज़ा हुआ है चाक[9]
फिर हमसे अपना हाल दिखाया न जायेगा

हम बेख़ुदाने महफ़िले तस्वीर[10] अब गये
आइन्दा[11] हमसे आप में आया न जायेगा

याद उसकी इतनी ख़ूब नहीं 'मीर' बाज आ[12]
नादान फिर वो जी से भुलाया न जायेगा

---

1. चाल 2. चकोर 3. पूर्ववत 4. प्रेम में मारे हुए 5. भवें 6. प्रिय के नेत्र 7. मृत्यु पथ के पथिक 8. आयु की भाँति 9. ज़ख़्मी 10. मूर्तियों की भाँति निश्चेष्ट 11. भविष्य में 12. संभल जा।

18

यार ने हम से बे-अदाई की
वस्ल की रात में लड़ाई की

उसके ईफ़ा ए अह्द[1] तक न जिये
उम्र ने हमसे बेवफ़ाई की

वस्ल के दिन की आरज़ू ही रही
शब न आख़िर हुई ज़ुदाई की

इसी तक़रीब[5] इस गली में रह
मिन्नतें[6] हैं शिकस्तापायी[7] की

कासा ए चश्म[8] ले के जूं नर्गिस
हमने दीदार[9] की गदाई[10] की

कोहकन क्या पहाड़ तोड़ेगा
इश्क़ ने ज़ोर-आज़माई की

---

1. वचन पूरा होने तक 2. मिलन 3. कामना 4. रात 5. उत्सव 6. एहसान 7. टूटे हुए पाँव 8. आँखरूपी प्याला 9. दर्शन 10. फ़क़ीरी।

ज़ोरो ज़र[11] कुछ न था तो बारे 'मीर'
किस भरोसे पर आश्नाई[12] की

11. शक्ति और धन 12. मुहब्बत।

19

उसके कूचे से जो उठ अह्ले वफ़ा[1] जाते हैं
ता नज़र काम करे[2] रू ब क़फ़ा[3] जाते हैं

मुत्तसिल[4] रोते ही रहिये, तो बुझे आतिशे दिल[5]
एक-दो आँसू तो और आग लगा जाते हैं

वक्त ख़ुश[6] उनका जो हमबज़्म[7] हैं तेरे, हम तो
दर ओ दीवार[8] को अह्वाल[9] सुना जाते हैं

एक बीमारे ज़ुदाई[10] हूँ, मैं आफी तिस पर
पूछने वाले ज़ुदा[11] जान को खा जाते हैं

---

1. वफ़ादार 2. जहाँ तक दृष्टि जाये 3. पीछे मुड़कर देखते हुए 4. निरन्तर 5. हृदयाग्नि 6. अच्छा समय 7. साथ में 8. दरवाज़ा और दीवार 9. हालत 10. विरह रोगी 11. अलग।

20

ऐ दोस्त कोई मुझ-सा रुस्वा[1] न हुआ होगा
दुश्मन के भी दुश्मन पर ऐसा न हुआ होगा

इस कुह्ना ख़राबे[2] में आबादी न कर मुन्इम[3]
यक शहर नहीं यां जो सहरा[4] न हुआ होगा

आँखों से तेरी हमको है चश्म[5] कि अब होवे
जो फ़ित्ना[6] कि दुनिया में बरपा[7] न हुआ होगा

जुज़[8] मर्तबा ए कुल[9] को हासिल करे है आख़िर
यक क़तरा न देखा जो दरिया न हुआ होगा

---

1. बदनाम 2. पुराना खण्डहर 3. धनवान 4. जंगल 5. आशा 6. उपद्रव 7. उत्पन्न 8. टुकड़ा 9. पूर्णता का स्थान।

21

ऐ नुकीले ये थी कहाँ की अदा
खब गयी जी में तेरी बांकी अदा

जादू करते हैं इक निगाह के बीच
हाय रे चश्मे दिलबरां[1] की अदा

बात कहने में गालियाँ दे है
सुनते हो मेरे बदज़ुबां[2] की अदा

ख़ाक में मिल के 'मीर' हम समझे
बेअदाई[3] थी आसमां की अदा

---

1. माशूक की आँखें 2. कटुभाषी 3. उपेक्षा।

22

ऐ बू ए गुल[1] समझ के महकियो पवन के बीच
ज़ख़्मी पड़े हैं मुर्ग़ हज़ारों चमन के बीच

सुथराई और नाज़ुकी[3] गुलबर्ग[4] की दुरुस्त[5]
पर वैसी बू[6] कहाँ कि जो है उस बदन के बीच

यां साथ ग़ैर के है तुम्हें वैसी बातचीत
सौ-सौ तरह के लुत्फ़ है इक-इक सुख़न[8] के बीच

यां पास मेरे लगती है चुप ऐसी आन कर
गोया ज़ुबां नहीं है तुम्हारे दहन[9] के बीच

फ़रहाद ओ क़ैस[10] ओ 'मीर' ये आवारगाने इश्क़
यूं ही गये हैं, सबकी रही मन की मन के बीच

---

1. फूल की सुगन्ध 2. पक्षी 3. कोमलता 4. फूल की पत्ती 5. ठीक 6. गन्ध 7. बोल 8. मुँह 9. मजनूं 10. आवारा प्रेमी।

23

ऐ हुब्बे जाह[1] वालो जो आज ताजवर[2] है
कल उसको देखियो तुम नै ताज है न सर है

अब की हवा ए गुल में सैराबी[3] है निहायत[4]
जूए चमन[5] पे सब्ज़ा मिज़शगाने चश्मे तर[6] है

शम्ए अख़ीरे शब[7] हूँ सुन सरगुज़श्त[8] मेरी
फिर सुब्ह होते तक तो क़िस्सा ही मुख़्तसर[9] है

अब फिर हमारा-उसका महशर[10] में माज़रा[11] है
देखें तो उस जगह क्या इंसाफ़े दादगर[12] है

आफ़त रसीदा[13] हम क्या सर खेंचें[14] इस चमन में
जूं नख़्ले ख़ुश्क[15] हमको नै साया नै समर[16] है

कर 'मीर' उस ज़मीं में और इक ग़ज़ल तो मौज़ूँ
है हर्फ़-ज़न क़लम भी अब तब्अ' भी इधर है

---

1. प्रतिष्ठा के लोभी 2. मुकुटधारी 3. तृप्ति 4. बहुत 5. बाग़ में बहने वाला पानी 6. भीगी हुई आँखों की पलकें 7. अन्तिम रात का दीपक 8. कहानी 9. संक्षिप्त 10. प्रलय 11. घटना 12. न्यायकर्ता का न्याय 13. मुसीबत में 14. सर उठाना 15. सूखे हुए वृक्ष की भाँति 16. फल।

24

बार-हा गोर-ए-दिल झंका लाया
अब के शर्त-ए-वफ़ा बजा लाया

क़द्र[1] रखती न थी मता ए दिल[2]
सारे आलम[3] में मैं दिखा लाया

दिल कि यकक़तरा[4] ख़ूं नहीं है बेश[5]
एक आलम के सर बला[6] लाया

दिल मुझे उस गली में ले जाकर
और भी ख़ाक में मिला लाया

इब्तिदा[7] ही में मर गये सब यार
इश्क़ की कौन इन्तिहा[8] लाया

अब तो जाते हैं बुतक़दे से 'मीर'
फिर मिलेंगे अगर ख़ुदा लाया

---

1. मूल्य 2. दिल की दौलत 3. संसार 4. बूँद-भर 5. अधिक 6. मुसीबत 7. आरम्भ 8. अंजाम।

25

क्या मुसीबतज़दा[1] दिल माइले आजार[2] न था
कौन से दर्दो सितम का ये तरफ़दार न था

आदमे ख़ाक़ी! से आलम को जिला[4] है वरना
आईना था ये वले[5] काबिले दीदार[6] न था

धूप में जलती हैं ग़ुर्बत वतनों[7] की लाशें
तेरे कूचे में मगर साया ए दीवार[8] न था

इश्क़ का जज़्ब हुआ बाइ'स-ए-सौदा वर्ना
यूसुफ़-ए-मिस्र ज़ुलेख़ा का ख़रीदार न था

नर्म-तर मोम से भी हम को कोई देती क़ज़ा
संग छाती का तो ये दिल हमें दरकार न था

रात हैरान हूँ कुछ चुप ही मुझे लग गयी 'मीर'
दर्द पिन्हां[9] थे बहुत, पर लबे इज़्हार[10] न था

---

1. पीड़ित 2. दुखी से प्रेम करने वाला 3. मिट्टी का पुतला, इंसान 4. चमक 5. लेकिन 6. देखने योग्य 7. परदेसियों 8. दीवार की छाया 9. छिपी हुई पीड़ा 10. कहने की शक्ति।

26

करते हैं गुफ़्तगू[1] सहर[2] उठकर सबा[3] से हम
लड़ने लगे हैं हिज्र[4] में उसके हवा से हम

होता न दिल का ता[5] ये सरअंजाम[6] इश्क़ में
लगते ही जी के मर गये होते बला से हम

दाग़ों ही से भरी रहे छाती तमाम उम्र
ये फूल-गुल चुना किये बाग़े वफ़ा से हम

गाफ़िल[7] न अपनी दीदादराई[8] से हमको जान
सब देखते हैं पर नहीं कहते हया[9] से हम

1. बातें 2. सुबह 3. हवा 4. विरह 5. तक 6. नतीजा 7. असावधान 8. निर्लज्जता 9. शर्म।

27

कल चमन में गुल ओ समन[1] देखा
आज देखा तो बाग़ बन देखा

क्या है गुलशन[2] में जो क़फ़स[3] में नहीं
आशिक़ों का जिला वतन देखा

घर के घर जलते थे पड़े तेरे
दाग़े दिल देखे सो चमन देखा

एक चश्मक[4] दोसद[5] सिनाने मिज़ा[6]
उस नुकीले का बांकपन देखा

हसरत[7] उसकी जगह थी ख़्वाबीदा[8]
'मीर' का खोलकर कफ़न देखा

---

1. गुलाब और चमेली 2. उपवन 3. पिंजरा 4. इशारा 5. सैकड़ों 6. पलकों की बर्छियां 7. निराशा 8. सोई हुई।

28

क़सद[1] गर इफिहान है प्यारे
अब तलक नीम जान[2] है प्यारे

सज्दा[3] करने में सर कटे है जहाँ
सो तेरा आस्तान[4] है प्यारे

गुफ़्तगू[5] रेख़्ते[6] में हमसे न कर
ये हमारी ज़ुबान है प्यारे

छोड़ जाते हैं दिल को तेरे पास
ये हमारा निशान है प्यारे

'मीर' अमदन[7] भी कोई मरता है
जान है तो जहान है प्यारे

---

1. इरादा 2. अर्धजीवित 3. माथा टेकना 4. चौखट 5. बातचीत 6. उर्दू 7. जान-बूझकर।

29

कहियो क़ासिद[1] जो वो पूछें हमें क्या करते हैं
जान ओ ईमान ओ मुहब्बत को दुआ करते हैं

इश्क़ आतिश[2] भी जो देवे तो न दम मारें[3] हम
शम्ए तस्वीर[4] हैं ख़ामोश[5] जला करते हैं

रुख़्सते जुम्बिशे लब[6] इश्क़ की हैरत[7] से नहीं
मुद्दतें गुज़रीं कि हम चुप ही रहा करते हैं

तू परी शीशे से नाज़ुक़[8] है, न कर दावा ए मेह्र[9]
दिल हैं पत्थर के उन्हों के जो वफ़ा[10] करते हैं

फ़ुर्सते ख़्वाब[11] नहीं ज़िक्रे बुतां[12] में हमको
रात-दिन राम-कहानी-सी कहा करते हैं

ये ज़माना नहीं ऐसा कि कोई ज़ीस्त करे[13]
चाहते हैं जो बुरा अपना भला करते हैं

---

1. सन्देशवाहक 2. आग 3. कुछ कहें 4. शमा की तस्वीर 5. चुपचाप 6. होठ हिलाने की आज्ञा 7. आश्चर्य 8. कोमल 9. मुहब्बत का दावा 10. निर्वाह 11. सोने का अवकाश 12. प्रेमिका की चर्चा 13. ज़िन्दा रहें।

महज़ नाकारा भी मत जान हमें तू कि कहीं
ऐसे नाकाम भी बेकार फिरा करते हैं

तुझ बिन इस जान-ए-मुसीबत-ज़दा ग़म-दीदा पे हम
कुछ नहीं करते तो अफ़्सोस किया करते हैं

क्या कहें 'मीर' जी हम तुम से मआश अपनी ग़रज़
ग़म को खाया करें हैं लोहू पिया करते हैं

30

कहूँ सो क्या कहूँ ने सब्र ने क़रार है आज
जो इस चमन में ये इक तुर्फ़ा[1] इन्तिशार[2] है आज

सर अपना इश्क़ में हमने भी यूं तो फोड़ा था
पर इसको क्या करें औरों का एतबार है आज

सहर[3] सवाद[4] में चल ज़ोर फूली है सरसों
हुआ है इश्क़ से कुल ज़र्द क्या बहार है आज

सवारी उसकी है सरगमें गश्ते दश्त[5] मगर
कि ख़ीरा-तीरा[6] नुमुदार[7] यक ग़ुबार[8] है आज

---

1. अज़ीब 2. बेचैनी 3. सुबह 4. मैदान 5. जंगल के चक्कर काटने में मगन 6. भयंकर 7. प्रकट 8. धूल।

31

का'बे में जां ब लब[1] थे हम दूरि ए बुतां[2] से
आये हैं फिर के यारो अब के ख़ुदा के हाँ से

तस्वीर के-से ताइर[3] ख़ामोश रहते हैं हम
जी कुछ उचट गया है अब नाला ओ फ़ुग़ां[4] से

जब कौंदती है बिजली तब जानिबे गुलिस्तां[5]
रखती है छेड़ मेरे ख़ाशाके आशियां[6] से

क्या ख़ूबी[7] उसके मुँह की ऐ ग़ुंचा[8] नक़्ल करिये
तू तो न बोल ज़ालिम बू आती है दहां[9] से

आँखों ही में रहे हो दिल से नहीं गये हो
हैरान[10] हूँ ये शोख़ी[11] आयी तुम्हें कहाँ से

इतनी भी बदमिज़ाज़ी[12] हर लहज़ा[13] 'मीर' तुमको
उलझाव है ज़मीं[14] से झगड़ा है आसमां[15] से

1. मरणासन्न 2. प्रेमिकाओं से दूरी 3. पक्षी 4. आर्त्तनाद 5. उपवन की ओर 6. घोंसले के तिनके 7. अच्छाई 8. कली 9. मुँह 10. अचम्भे में डूबा हुआ 11. चंचलता 12. चिड़चिड़ापन 13. प्रतिपल 14. धरती 15. आकाश।

32

कुछ करो फ़िक्र मुझ दीवाने की
धूम है फिर बहार आने की

वो जो फिरता है मुझसे दूर ही दूर
है ये तक़रीब[1] जी के जाने की

तेज़ यूं ही न थी शब[2] आतिशे शौक़[3]
थी ख़बर गर्म उसके आने की

जो है सो पाएमाले ग़म[4] है 'मीर'
चाल बेडौल है ज़माने की

---

1. कारण 2. रात 3. अभिलाषा की आग 4. दुःखों का मारा हुआ।

33

कैसा चमन कि हम से असीरों[1] को मना है
चाके क़फ़स[2] से बाग़ की दीवार देखना

आँखें चुराइयो न टुक अब्रे बहार[3] से
मेरी तरफ़ भी दीद ए ख़ूंबार[4] देखना

सैयाद[5] दिल है दाग़े ज़ुदाई[6] से रश्के बाग़[7]
तुझको भी हो नसीब ये गुलज़ार देखना

गर ज़मज़मा[8] यही है कोई दिन तो हमसफ़ीर[9]
इस फ़स्ल ही में हमको गिरिफ़्तार देखना

शायद हमारी ख़ाक से कुछ हो भी ऐ नसीम[10]
ग़िर्बाल[11] करके चूना ए दिलदार[12] देखना

---

1. बन्दीजनों 2. पिंजरे की तीलियों के बीच की जगह 3. वसन्त ऋतु का बादल 4. रक्त बहाने वाली आँखें 5. शिकारी 6. विरह का दाग़ 7. बाग़ से भी सुन्दर 8. राग 9. मित्र 10. ठण्डी हवा 11. छलनी 12. प्रेमिका की गली।

34

कोफ़्त[1] से जान लब[2] पे आयी है
हमने क्या चोट दिल पे खायी है

दीदनी[3] है शिकस्तगी[4] दिल की
क्या इमारत ग़मों ने ढायी है

बेसुतूं[5] क्या है कोहकन[6] कैसा
इश्क़ की जोर आज़माई है

मर्गे मजनूं[7] से अक़्ल गुम है 'मीर'
क्या दिवाने ने मौत पायी है

---

1. होठ 3. देखने योग्य 4. टूटापन 5. एक पर्वत, जिस पर फ़रहाद नहर काटने के लिए चढ़ा था 6. फ़रहाद 7. मजनूं की मौत।

35

कारे दिल[1] उस महे तमाम[2] से है
काहिश[3] इक रोज़ मुझको शाम से है

तुम नहीं फ़ित्नासाज़[4] सच साहिब
शह्र पुरशोर[5] इस ग़ुलाम से है

कोई तुझ-सा भी काश तुझको मिले
मुद्दआ[6] हमको इन्तिक़ाम[7] से है

शे'र मेरे हैं सब ख़्वासपसन्द[8]
पर मुझे गुफ़्तगू[9] अवाम[10] से है

सहल[11] है 'मीर' का समझना क्या
हर सुख़न[12] उसका इक मक़ाम से है

---

1. दिल का काम 2. पूरा चाँद 3. कष्ट 4. उपद्रवी 5. शोर से भरा हुआ 6. उद्देश्य 7. बदला 8. ख़ास लोगों की पसन्द 9. बातचीत 10. जन-साधारण 11. आसान 12. बोल।

36

क्या मैं भी परेशानी ए ख़ातिर[1] से क़रीं[2] था
आँखें तो कहीं थीं दिले ग़मदीदा[3] कहीं था

किस रात नज़र की है बू ए चश्मके अंजुम[4]
आँखों के तले अपने तो वो माहज़बीं[5] था

आया तो सही वो कोई दम के लिए लेकिन
होठों पे मेरे जब नफ़से बाज़पसीं[6] था

नाम आज कोई यां नहीं लेता है उन्हों का
जिन लोगों के कल मुल्क़ ये सब ज़ेरे नगीं[7] था

मस्जिद में इमाम[8] आज हुआ आ के वहाँ से
कल तक तो यही 'मीर' ख़राबातनशीं[9] था

---

1. दिल की परेशानी 2. निकट 3. दुखी हृदय 4. तारों की चमक की प्रतिद्वन्द्विता 5. चन्द्रमुखी 6. अन्तिम सांस 7. अधीन 8. नमाज़ पढ़ाने वाला 9. मदिरालय में बैठने वाला।

37

क्या कहिये कली-सा वो दहन[1] है
इसमें भी जो सोचिये सुख़न[2] है

वाबस्तगी[3] मुझसे शीशा ए जां[4] की
उस संग[5] से है कि दिलशिकन[6] है

क्या सहल गुज़रती है जुनूं[7] से
तोहफ़ा[8] हम लोगों का चलन है

वे बन्दे क़बा[9] खुले थे शायद
सद चाक[10] गुलों का पैरहन है

गह[11] दैर[12] में है गहे हरम[13] में
अपना तो यही दीवानापन है

हम कुश्त ए इश्क़[14] हैं हमारा
मैदान की ख़ाक ही कफ़न है

---

1. मुँह 2. बोल 3. सम्बन्ध 4. शीशे-जैसे प्राण वाला 5. पत्थर 6. दिल तोड़ने वाला 7. पागलपन 8. भेंट 9. कपड़े के बन्द 10. सौ टुकड़े 11. कभी 12. मन्दिर 13. मस्जिद 14. प्यार में मारा हुआ।

कर 'मीर' के हाल पे तरह्हुम[15]
वो शहर ग़रीबो बेवतन[16] है

15. दया 16. जिसका कोई देश या शहर न हो।

38

क्या कहूँ तुमसे मैं कि क्या है इश्क़
जान का रोग है बला है इश्क़

इश्क़ ही इश्क़ है जहाँ देखो
सारे आलम[1] में भर रहा है इश्क़

इश्क़ है तर्ज़ो तौर[2] इश्क़ के तईं
कहीं बन्दा, कहीं ख़ुदा है इश्क़

इश्क़ माशूक़, इश्क़ आशिक़ है
यानी अपना ही मुब्तिला[3] है इश्क़

दिलकश[4] ऐसा कहाँ है दुश्मने जां[5]
मुद्दई[6] है, प मुद्दआ[7] है इश्क़

कौन मक़्सद को इश्क़ बिन पहुँचा
आरज़ू[8] इश्क़, मुद्दआ है इश्क़

---

1. संसार 2. रंग-ढंग 3. ग्रस्त 4. मनमोहक 5. जान का शत्रु 6. प्रतिवादी 7. उद्देश्य 8. कामना।

39

क्या कहे हाल कहीं दिलज़दा[1] जाकर अपना
दिल न अपना है मुहब्बत में न दिलबर[2] अपना

यक घड़ी साफ़ नहीं हमसे हुआ यार कभू
दिल भी जूं शीशा ए साअत[3] है मुअत्तर[4] अपना

उस गुले तर[5] की क़बा[6] के कहीं खोले थे बन्द
रंगो गुलबर्ग[7] के नाख़ुन है मुअत्तर[8] अपना

पेश कुछ आओ[9] यहीं हम तो हैं हर सूरत से
मिले आईना[10] नहीं छोड़ते हम घर अपना

दिल बहुत खींचती है यार के कूचे की ज़मीं
लोहू उस ख़ाक पे गिरना है मुक़र्रर[11] अपना

---

1. टूटे हृदय वाला 2. प्रेयसी 3. समय नापने का पैमाना 4. मलिन द्. ताज़ा फूल 6. पंखुड़ी 7. फूल की पत्ती की भाँति 8. सुगन्धित 9. कुछ आगे आओ 10. दर्पण की भाँति 11. निश्चित।

40

ख़ुदा करे मेरे दिल को टुक इक क़रार[1] आवे
कि ज़िन्दगी तो करूं जब तलक कि यार आवे

कमानें उसकी भवों की चढ़ी ही रहती हैं
न जब तलक सरे तीरे सितम[2] शिकार आवे

हमें तो एक घड़ी गुल बग़ैर दूभर है
ख़ुदा ही जाने कि अब कब तलक बहार आवे

तुम्हारे जौरो[3] से अब हाल जा ए इबरत[4] है
किसू से कहिये तो उसको न एतबार[5] आवे

नहीं है चाह भली इतनी भी दुआ कर 'मीर'
कि अब जो देखूं उसे मैं बहुत न प्यार आवे

---

1. चैन 2. अन्याय के तीर के निशाने पर 3. अत्याचार 4. विद्यालय 5. विश्वास।

41

गये जी से छूटे बुतों की जफ़ा से
यही बात हम चाहते थे ख़ुदा से

वो अपनी ही ख़ूबी[1] पे रहता है नाज़ा[2]
मरो या जियो कोई उसकी बला से

पशेमान[3] तौबा से होगा अदम[4] में
कि ग़ाफ़िल[5] चला शैख़ सुत्के हवा[6] से

न रक्खी मेरी ख़ाक भी उस गली में
क़ुदूरत[7] मुझे है निहायत[8] सबा[9] से

जिगर सू ए मिज़गां[10] खिंचा जाये है कुछ
मगर दीदा ए तर[11] हैं लोहू के प्यासे

न शिकवा-शिकायत न हर्फ़ों-हिकायत[12]
कहो 'मीर' जी आज क्यों हो ख़फ़ा से

---

1. अच्छाई 2. घमण्डी 3. लज़्ज़ित 4. परलोक 5. बेख़बर 6. हवा का आनन्द 7. दिल का मैल 8. बहुत 9. हवा 10. पलकों की ओर 11. भीगे हुए नेत्र 12. बातचीत।

42

गये जूं शम्अ[1] उस मजलिस[2] में जितने
सबों पर हाल है रौशन[3] हमारा

बहुत चाहा था अब्रे तर[4] ने लेकिन
न मिन्नतकश[5] हुआ गुलशन हमारा

चमन में हम भी ज़ंजीरी[6] रहे हैं
सुना होगा कभू शेवन[7] हमारा

किया था रेख़्ता[8] परदा सुख़न[9] का
सो ठहरा है यही अब फ़न[10] हमारा

न बहके मैकदे[11] में 'मीर' क्योंकर
गिरव[12] सौ जा[13] है पैराहन[14] हमारा

---

1. चिराग़ की भाँति 2. सभा 3. आलोकित 4. पानी से भरा हुआ बादल 5. आभारी 6. बन्दी 7. आर्त्तनाद, 8. छन्दोबद्ध 9. बातचीत 10. कला 11. मदिरालय 12. गिरवी 13. सौ जगह 14. कपड़े।

43

गुल को महबूब[1] हम क़यास[2] किया
फ़र्क़[3] निकला बहुत जो बास[4] किया

दिल ने हमको मिसाले आईना[5]
एक आलम[6] का रूशनास[7] किया

कुछ नहीं सूझता हमें उस बिन
शौक़[8] ने हमको बेहवास[9] किया

सुब्ह तक शम्आ सर को धुनती रही
क्या पतंगे ने इल्तिमास[10] किया

ऐसे वहशी[11] कहाँ हैं ऐ ख़ूबां[12]
'मीर' को तुम अबस[13] उदास किया

---

1. प्रिय 2. कल्पना 3. अन्तर 4. सूंघना 5. दर्पण की भाँति 6. संसार 7. परिचित 8. अभिलाषा 9. बेसुध 10. विनय 11. घबराया हुआ 12. माशूक़ 13. व्यर्थ।

44

चमन में गुल ने जो कल दावा ए जमाल[1] किया
जमाले यार[2] ने मुँह उसका ख़ूब लाल किया

फ़लक[3] ने आह तेरी रह में हमको पैदा कर
बरंगे सब्ज़ नव रुस्ता[4] पाएमाल[5] किया

बहारे रफ़्ता[6] फिर आयी तेरे तमाशे को
चमन को युम्ने क़दम[7] ने तेरे निहाल किया

लगा न दिल को कहीं क्या सुना नहीं तूने
जो कुछ कि 'मीर' का इन आशिक़ों ने हाल किया

---

1. सौन्दर्य का दावा 2. माशूक़ का सौन्दर्य 3. आकाश 4. नयी उगी हुई दूब की भाँति 5. पैरों से कुचलना 6. गयी हुई बहार 7. क़दमों का शुभ होना।

45

चमन यार तेरा हवाख़्वाह[1] है
गुल[2] इक दिल है जिसमें तेरी चाह है

सरापा[3] में उसके नज़र करके तुम
जहाँ देखो अल्लाह अल्लाह है

तेरी आह किससे ख़बर पाइये
वही बेख़बर है जो आगाह[4] है

चराग़ाने गुल[5] से है क्या रौशनी
गुलिस्तां[6] किसू की क़दमगाह[7] है

ये वो कारवां गाहे दिलकश[8] है 'मीर'
कि फिर या से हसरत[9] ही हमराह[10] है

---

1. शुभचिन्तक 2. फूल 3. सर से पैरों तक 4. परिचित 5. फूलों के चिराग़ 6. बाग़ 7. क़दम रखने की जगह 8. कारवां ठहरने का सुन्दर स्थान 9. ख़्वाहिश 10. संगी-साथी।

46

चलते हो, तो चमन को चलिये, कहते हैं कि बहारां है
पात हरे हैं, फूल खिले हैं, कम-कम बादो बारां[1] है

रंग हवा से यूं टपके है, जैसे शराब चुआते हैं
आगे हो मैख़ाने के निकलो अह्दे बादा ग़ुसारां[2] है

कोहकन[3] ओ मजनूं की ख़ातिर दश्त ओ कोह[4] में हम न गये
इश्क़ में हमको 'मीर' निहायत पासे इज़्ज़तदारां[5] है

---

1. हवा और वर्षा 2. शराब पीने वालों का ज़माना 3. फ़रहाद 4. जंगल और पहाड़ 5. प्रतिष्ठित लोगों का मान।

47

ज़ख़्मों पे ज़ख़्म झेले दाग़ों पे दाग़ खाये
यक क़तरा[1] ख़ूने दिल[2] ने क्या-क्या सितम[3] उठाये

बढ़ती नहीं पलक से ता हम तलक भी पहुँचे
फिरती हैं वो निगाहें पलकों के साये-साये

पर की बहार में जो महबूब जल्वागर[4] थे
सो गर्दिशे फ़लक[5] ने सब ख़ाक में मिलाये

हर क़त्अ ए चमन[6] पर टुक गाड़कर नज़र कर
बिगड़ी हज़ार शक्लें तब फूल ये बनाये

आगे भी तुझसे था या तस्वीर का-सा आलम[7]
बेदर्दि ए फ़लक[8] ने वो नक़्श[9] सब मिटाये

---

1. एक बूँद 2. दिल के रक्त से 3. अत्याचार 4. प्रत्यक्ष 5. आकाश का चक्कर 6. बाग़ का हिस्सा 7. हालत 8. आकाश की निर्दयता 9. निशान।

48

जब जुनूं[1] से हमें तवस्सुल[2] था
अपनी ज़ंजीरे पा[3] ही का ग़ुल[4] था

बिस्तरा था चमन में जूं बुलबुल
नाला[5] सरमायए तवक्कुल[6] था

यक निगह[7] को वफ़ा न की गोया
मौसमे गुल[8] सफ़ीरे बुलबुल[9] था

उनने पहचानकर हमें मारा
मुँह न करना इधर तजाहुल[10] था

शहर में जो नज़र पड़ा उसका
कुश्त ए नाज़[11] या तग़ाफ़ुल[12] था

---

1. पागलपन 2. सहारा 3. पाँव की ज़ंजीर 4. शोर 5. आर्त्तनाद 6. निस्पृहता का धन 7. क्षण-
-भर को 8. बसन्त ऋतु 9. बुलबुल की आवाज़ 10. जानकर अनजान बनना 11. सौन्दर्य के अभिमान से ग्रस्त 12. उपेक्षा।

अब तो दिल को न ताब है न क़रार
यादे अय्याम[13] जब तहम्मुल[14] था

ख़ूब दर्याफ़्त जो किया हमने
वक़्ते ख़ुश[15] 'मीर' नक़्हते गुल[16] था

---

13. विगत की स्मृति 14. सहनशीलता 15. अच्छा समय 16. फूलों की सुगन्ध।

49

जब नाम तेरा लीजिये तब चश्म[1] भर आवे
इस ज़िन्दगी करने को कहाँ से जिगर[2] आवे

मैख़ाना[3] वो मंज़र[4] है कि हर सुब्ह जहाँ शैख़
दीवार पे ख़ुरशीद[5] का मस्ती से सर आवे

क्या जानें वो मुर्ग़ाने गिरिफ़्तारे[6] चमन को
जिन तक कि बसद नाज़[7] नसीमे सहर[8] आवे

सन्नअ[9] हैं सब ख़्वार[10] अज़आं जुम्ला[11] हूँ मैं भी
है ऐब[12] बड़ा उसमें जिसे कुछ हुनर[13] आवे

---

1. आँखें 2. साहस 3. मदिरालय 4. दृश्य 5. सूर्य 6. बन्दी पक्षी 7. सैकड़ों नख़रों के साथ 8. सुबह की हवा 9. कारीगर 10. अपमानित 11. उनमें से एक 12. दुर्गुण 13. कला।

50

जब लग गये झमकने रुख़्सारे यार[1] दोनों
तब मेहर ओ मह[2] ने अपनी आँखें छिपा लियां हैं

सुबहे चमन[3] का जल्वा[4] हिन्दी बुतों में देखा
सन्दल-भरी जबीं[5] है, होठों की लालियां हैं

इन गुलरुख़ों[6] की क़ामत[7] लहके है यूं हवा में
जिस रंग से लचकती फूलों की डालियां हैं

वो दुज़्दे दिल[8] नहीं, तो क्यों देखते ही मुझको
पलकें झुका लियां हैं, आँखें चुरा लियां हैं

चलते हैं ये तो ठोकर लगती है 'मीर' दिल को
चालें ही दिलबरों[9] की सबसे निरालियां हैं

---

1. प्रेमिका के गाल 2. सूरज और चाँद 3. बाग़ का सवेरा 4. दर्शन 5. माथा 6. फूल-जैसे चेहरों वाली 7. आकार 8. दिल के चोर 9. प्रेमिका।

51

जाये है जी निजात[1] के ग़म में
ऐसी जन्नत[2] गयी जहन्नुम[3] में

है बहुत जैब चाकी[4] ही जूं सुब्ह
क्या किया जाये फ़ुर्सते कम[5] में

पर के थी बेकली क़फ़स[6] में बहुत
देखिये अब के गुल के मौसम में

बेख़ुदी[7] पर न 'मीर' की जाओ
तुमने देखा है और आलम[8] में

---

1. मुक्ति 2. स्वर्ग 3. नरक 4. गरेबां का फटना 5. कम अवकाश 6. पिंजरा 7. आत्मलीन होना 8. हालत।

52

जिस सर को ग़ुरूर आज है या ताजवरी[1] का
कल उस पे यहीं शोर है फिर नौहागरी[2] का

आफ़ाक़[3] की मंज़िल से गया कौन सलामत
असबाब लुटा राह में यां हर सफ़री[4] का

ज़िन्दा[5] में भी शोरिश[6] न गयी अपने जुनूं[7] की
की अब संग[8] मुदावा[9] है इस आशुफ़्तासरी[10] का

हर ज़ख़्मे जिगर दावरे महशर[11] से हमारा
इंसाफ़ तलब है तेरी बेदादगरी[12] का

अपनी तो जहाँ आँख लड़ी, फिर वहीं देखो
आईने को लपका है परीशां नज़री[13] का

ले सांस भी अहिस्ता कि नाज़ुक है बहुत काम
आफ़ाक की इस कारगहे शीशागरी[14] का

बादशाहत 2. मातम करना 3. संसार 4. यात्री 5. बन्दीगृह 6. अशान्ति 7. उन्माद 8. पत्थर 9. उपचार 10. बदहवासी 11. क़यामत के दिन न्याय करने वाला 12. ज़ुल्म 1. 13. दृष्टि की अस्थिरता 14. शीशे का कारख़ाना।

टुक मीर जिगर सोख़्ता[15] की जल्द ख़बर ले
क्या यार भरोसा है चिराग़े सहरी[16] का

15. जिगर का जला हुआ 16. प्रातःकाल का दीपक।

53

जो-जो ज़ुल्म[1] किये हैं तुमने, सो-सो हमने खाये हैं
दाग़ जिगर पे जलाये हैं, छाती पे जराहत[2] खाये हैं

ख़ुम से लगी मैख़ाने[3] के दीवार भी अपने घर की है
लुत्फ़े पीरे मुग़ां[4] से अज़ब क्या, हम आख़िर हमसाये हैं

शौक़ है, ग़म में बेसब्री[5] है, आह किसू को क्या कहिये
अच्छा, अपने जी को हमने आप ही रोग[6] लगाये हैं

महवे सुख़न हम फ़िक्रे सुख़न[7] में रफ़्ता ही बैठे रहते हैं
आपको जब खोया है हमने, तब ये गौहर[8] पाये हैं

तब थे सिपाही, अब हैं जोगी,[9] आह जवानी यूं काटी
ऐसी थोडी रात में हमने क्या-क्या स्वागं[10] बनाये हैं

'मीर' मुक़द्दस[11] आदमी है, थे सुब्ह बकफ़ मैख़ाने में
सुब्ह जो हम भी जा निकले, तो देख के क्या शर्माये हैं

1. अन्याय 2. घाव 3. मदिरालय 4. मदिरालय के वृद्ध का आनन्द 5. व्याकुलता बीमारी 7. बोलने की चिन्ता 8. मोती 9. सन्त 10. रूप 11. पवित्र।

54

जो देखो मेरे शे'रे तर[1] की तरफ़
तो माइल[2] न हो फिर गुहर[3] की तरफ़

कोई दादे दिल[4] आह किससे करे
हर इक है सो उस फ़िरत्नागर[5] की तरफ़

मुहब्बत ने शायद कि दी दिल को आग
धुआं-सा है कुछ उस नगर की तरफ़

बहुत रंग मिलता है देखो कभू
हमारी तरफ़ से सहर[6] की तरफ़

---

1. नया शे'र 2. आकर्षित 3. मोती 4. दिल का न्याय 5. उपद्रवी 6. सुबह।

55

मुए जाते थे फ़र्त-ए-उल्फ़त से हम
जिए हैं ख़ुदा ही की क़ुदरत से हम

जो देखो वो क़ामत[1] तो मालूम हो
कि रूकश[2] हुए हैं क़यामत[3] से हम

ख़ुदा से भी शब[4] को दुआ मांगते
न उसका लिया नाम ग़ैरत[5] से हम

न मानी कोई उन ने फिर रूठ कर
मनाते रहे रात मिन्नत से हम

रखा जिसको आँखों में इक उम्र, अब
उसे देख रहते हैं हसरत[6] से हम

न मिल 'मीर' अब के अमीरों से तू
हुए हैं फ़क़ीर उनकी दौलत से हम

---

1. क़द 2. सामने 3. प्रलय 4. रात 5. आत्मसम्मान 6. निराशा।

56

जोर[1] क्या-क्या, ज़फाएं क्या-क्या हैं
आशिक़ी में बलाएं[2] क्या-क्या हैं

गह[3] नसीमे सबा[4] है गाह सुमूम[5]
इस चमन में हवाएं क्या-क्या हैं

फ़िक्र तामीरे दिल[6] किसू को नहीं
ऐसी-वैसी बिनाएं[7] क्या-क्या हैं

शोर है तर्के शैख़[8] का लेकिन
चुपके-चुपके दुआएं क्या-क्या हैं

मंज़रे दीदा[9] क़सरे-दिल[10] ऐ 'मीर'
शहे तन में भी जाएं[11] क्या-क्या हैं

---

1. अत्याचार 2. मुसीबतें 3. कभी 4. प्रात: समीर 5. गरम हवा 6. दिल के निर्माण की चिन्ता 7. निर्माण 8. शैख़ का त्याग 9. आँखों का दृश्य 10. दिल का महल 11. जगहें।

57

ता[1] गौर[2] के ऊपर वो गुलअन्दाम[3] न आया
हम ख़ाक के आसूदों[4] को आराम न आया

बेहोशे मए इश्क़[5] हूँ क्या मेरा भरोसा
आया जो बख़ुद[6] सुब्ह तो मैं शाम न आया

किस दिल से तेरा तीरे निगह[7] पार न गुज़रा
किस जान को ये मर्ग[8] का पैग़ाम[9] न आया

देखा न उसे दूर से भी मुन्तज़िरों[10] ने
वो रश्के महे ईद[11] लबे बाम[12] न आया

अब के जो तेरे कूचे[13] से जाऊंगा तो सुनियो
फिर जीते जी इस राह वो बदनाम न आया

ने ख़ून हो आँखों से बहा टुक न हुआ दाग़
अपना तो ये दिल 'मीर' किसू काम न आया

---

1. जब तक 2. क़ब्र 3. फूल-जैसे शरीर वाला 4. ख़ाक में संतुष्ट होकर सोने वाले 5. प्रेम की मदिरा पीकर मस्त होने वाले 6. अपने होश में 7. नज़र का तीर 8. मौत 9. सन्देश 10. प्रतीक्षा करने वाला 11. ईद के चाँद को भी मात देने वाला 12. छत पर 13. गली।

58

ये तर्क हो के ख़शिन कज अगर कुलाह करें
तो बुल-हवस न कभू चश्म को सियाह करें

तुम्हें भी चाहिए है कुछ तो पास[1] चाहत का
हम अपनी ओर से यूं कब तलक निबाह[2] करें

रखा है अपने तई रोक-रोककर वरना
सियाह कर दें ज़माने को हम जो आह करें

अगर उठेंगे इसी हाल से तो कहियो तू
जो रोज़े हश्र[3] तुझी को न उज्र ख़्वाह[4] करें

अगरचे सहल[5] हैं पर दीदनी[6] हैं हम भी 'मीर'
इधर को यार तअम्मुल[7] से गर निगाह करें

---

1. लिहाज़ 2. निर्वाह 3. प्रलय के दिन 4. उज्र करने वाला 5. आसान 6. देखे योग्य 7. सोच--विचार।

59

दिल से शौके रुख़े निकू[1] न गया
झांकना-ताकना कभू न गया

हर क़दम पर थी उस की मंज़िल लेक[2]
सर से सौदा ए जुस्तजू़[3] न गया

सब गये होशो सब्र ताबो तवां[4]
लेकिन ऐ दाग़ दिल से तू न गया

सुब्ह गर्दां[5] ही 'मीर' हम तो रहे
दस्ते कोताह[6] ता[7] सुबू[8] न गया

---

1. सुन्दर मुखड़ों का प्रेम 2. लेकिन 3. खोज करने की दीवानगी 4. शक्ति 5. माला से जप करना 6. छोटा हाथ 7. तक 8. मदिरा का घड़ा।

60

ता-ब मक़्दूर इंतिज़ार किया
दिल ने अब ज़ोर बे-क़रार किया

दुश्मनी हमसे की ज़माने ने
कि जफ़ाकार[1] तुझ-सा यार किया

ये तवह्हुम[2] का कारख़ाना है
यां वही है जो एतबार किया

सद[3] रगे जां[4] को ताब[5] दे बाहम[6]
तेरी ज़ुल्फ़ों का एक तार[7] किया

हम फ़क़ीरों से बेअदाई[8] क्या
आन बैठे जो तुमने प्यार किया

सख़्त काफ़िर था जिन ने पहले 'मीर'
मज़्हबे इश्क़[9] इख़्तियार किया[10]

---

1. अत्याचारी 2. श्रम 3. सैकड़ों 4. दिल तक रक्त ले जाने वाली नाड़ी 5. शक्ति 6. परस्पर 7. बाल 8. बेरुखी 9. प्रेम का धर्म 10. अपना लिया।

61

देख आरसी को यार हुआ मह्वे नाज़[1] का
ख़ानाख़राब[2] हूजियो आईनासाज़[3] का

मारा न अपने हाथ से मुझको हज़ार हैफ़[4]
कुश्ता[5] हूँ यार मैं तो तेरे इम्तियाज़[6] का

इस लुत्फ़[7] से न ग़ुंच ए नर्गिस[8] खिला कभू
खुलना तो देख उस मिज़ा ए नीमबाज़[9] का

हिलती है यूं पलक कि गड़ी दिल में जाये है
अन्दाज़[10] दीदनी[11] है मेरे दिलनवाज़[12] का

फिर 'मीर' आज मस्जिदे जामा[13] के थे इमाम
दाग़े शराब[14] धोते थे कल जा-नमाज़[15] का

---

1. अभिमान में डूबा हुआ 2. घर बरबाद होना 3. दर्पण बनाने वाला 4. हज़ार अफ़सोस 5. मारा हुआ 6. विशेषता 7. आनन्द 8. नर्गिस की कली 9. अधखुली पलकें 10. शैली 11. दर्शनीय 12. मनमोहक 13. प्रमुख मस्जिद 14. मदिरा का धब्बा 15. वह कपड़ा, जिस पर बैठकर नमाज़ पढ़ी जाती है।

62

देख तो दिल कि जां से उठता है
ये धुआं-सा कहाँ से उठता है

गोर[1] किस दिलजले की है ये फ़लक[2]
शोला इक सुबह यां से उठता है

ख़ाना ए दिल[3] से ज़ीनहार[4] न जा
कोई ऐसे मकां[5] से उठता है

बैठने कौन दे है फिर उस को
जो तेरे आस्तां[6] से उठता है

यूं उठे आह उस गली से हम
जैसे कोई जहाँ[7] से उठता है

इश्क़ एक 'मीर' भारी पत्थर है
कब ये तुझ नातवां[8] से उठता है

---

1. क़ब्र 2. आसमान 3. दिल का घर 4. हर्गिज़ 5. घर 6. चौखट 7. संसार 8. कमज़ोर।

63

दैर ओ हरम[1] से गुज़रे अब दिल है घर हमारा
है ख़त्म इस आबले[2] पर सैरो सफ़र हमारा

हैं तेरे आईने की तिम्साल[3] हम न पूछो
इस दश्त में नहीं है पैदा असर[4] हमारा

पलकों से तेरी हम को क्या चश्म-दाश्त ये थी
इन बर्छियों ने बाँटा बाहम जिगर हमारा

दुनिया-ओ-दीं की जानिब मैलान हो तो कहिए
क्या जानिए कि उस बिन दिल है किधर हमारा

नश्व-ओ-नुमा[5] है अपनी जूं गर्द बाद[6] अनोखी
बालीदा[7] ख़ाके रह[8] से है ये शजर[9] हमारा

जूँ सुब्ह अब कहाँ है तूल-ए-सुख़न की फ़ुर्सत
क़िस्सा ही कोई दम को है मुख़्तसर हमारा

---

1. मन्दिर-मस्जिद 2. छाले 3. दर्पण की भाँति 4. प्रभाव 5. विकास 6. संसाररूपी शराब 7. विकसित 8. रास्ते की धूल 9. वृक्ष।

कूचे में उस के जा कर बनता नहीं फिर आना
ख़ून एक दिन गिरेगा उस ख़ाक पर हमारा

है तीरा-रोज़ अपना लड़कों की दोस्ती से
इस दिन ही को कहे था अक्सर पिदर हमारा

सैलाब हर तरफ़ से आएँगे बादीए में
जूँ अब्र रोते होगा जिस दम गुज़र हमारा

यूँ दूर से खड़े हो क्या मो'तबर है रोना
दामन से बाँध दामन ऐ अब्र-ए-तर हमारा

जब पास रात रहना आता है याद उस का
थमता नहीं है रोना दो दोपहर हमारा

इस करवां सरा[10] में क्या 'मीर' बार[11] खोलें
या कूच लग रहा है शाम ओ सहर[12] हमारा

---

10. सराय 11. सामान 12. शाम और सवेरा।

64

न दर्दमन्दी[1] से ये राह तुम चले वरना
क़दम-क़दम पे थी यां जाए नाला-ओ-फ़रयाद[2]

चमन में उठते हैं सन्नाहटे-से ऐ बुलबुल
जिगरख़राश[3] ये नाले हैं तेरे मुँह से ज़ियाद[4]

सबाते क़स्रो दरो बामो ख़िश्तो गिल[5] कितना
इमारते दिले दरवेश[6] की रखो बुनियाद

चमन में यार हमें ले गये थे वा न हुए[7]
हमारे साथ यही ग़म, यही दिले नाशाद[8]

---

1. हमदर्दी 2. रोने-पीटने का जगह 3. जिगर को चीर देने वाली 4. अधिक 5. महल, दरवाज़े, कोठे, ईंट और मिट्टी का स्थायित्व 6. फ़क़ीर के दिल की इमारत 7. न खुले 8. अप्रसन्न दिल।

65

पत्ता-पत्ता बूटा-बूटा हाल हमारा जाने है
जाने न जाने गुल ही न जाने बाग़ तो सारा जाने है

चारागरी[1] बीमारी ए दिल की रस्मे शहरे हुस्न[2] नहीं
वरना दिलबर नादां[3] भी इस दर्द का चारा[4] जाने है

मेहरो वफ़ा ओ लुत्फ़ो इनायत एक से वाक़िफ़[5] इनमें नहीं
और तो सब कुछ तंज़ों किनाया[6] रम्ज़ो इशारा[7] जाने है

क्या-क्या फ़ित्ने[8] सर पर उसके लाता है माशूक़ अपना
जिस बेदिल बेताबो तवां[9] को इश्क़ का मारा जाने है

---

1. इलाज 2. सौन्दर्य नगर की रीत 3. भोला प्रेमी 4. इलाज 5. परिचित 6. व्यंग्य संकेत 8. उपद्रव 9. निर्बल।

66

पैग़ाम ए-ग़म जिगर का गुलज़ार तक न पहुँचा
नाला[1] मेरा चमन की दीवार तक न पहुँचा

जूं नक़्शे पा[2] है ग़ुर्बत[3] हैरान कार[4] उसकी
आवारा हो वतन से जो यार तक न पहुँचा

ये बख़्ते सब्ज़[5] देखो बाग़े ज़माना[6] में से
पसमुर्दा गुल[7] भी अपनी दस्तार[8] तक न पहुँचा

यूसुफ़[9] से ले के ता गुल[10] फिर गुल से ले के ता शम्आ[11]
ये हुस्न किसको लेकर बाज़ार तक न पहुँचा

---

1. आर्त्तनाद 2. पदचिन्ह 3. दरिद्रता 4. आश्चर्यचकित 5. दुर्भाग्य 6. बारारूपी संसार 7. मुर्झाया हुआ फूल 8. पगड़ी 9. एक पैग़म्बर 10. फूल तक 11. चिराग़ तक।

67

फ़क़ीराना आये सदा कर चले
मियां ख़ुश रहो हम दुआ कर चले

जो तुझ बिन न जीने को कहते थे हम
सो इस अह्द[1] को अब वफ़ा कर चले

कोई नाउमीदाना[2] करते निगाह
सो तुम हम[2] से मुँह भी छुपाकर चले

बहुत आरजू[3] थी गली की तेरी
सो यां से लहू में नहाकर चले

जबीं[4] सिज्दे करते ही करते गयी
हक़्क़े बन्दगी[5] हम अदा कर चले

परस्तिश[6] की यां तक कि ऐ बुत[7] तुझे
नज़र में सभों की ख़ुदा कर चले

कहें क्या जो पूछे कोई हमसे 'मीर'
जहां[8] में तुम आये थे क्या कर चले

1. प्रतिज्ञा 2. निराश 3. इच्छा 4. माथा 5. भक्ति का कर्तव्य 6. पूजा 7. हसीन प्रेमिका 8. दुनिया।

68

फिरता है ज़िन्दगी के लिए आह ख़्वार[1] क्या
इस वहम[2] की नमूद[3] का है एतबार क्या

क्या जानें हम असीरे क़फ़स ज़ाद[4] ऐ नसीम[5]
गुल कैसे बाग़ कहते हैं किसको बहार क्या

आँखें ब-रंग-ए-नक़्श-ए-क़दम[6] हो गईं सफ़ेद
फिर और कोई उसका करे इन्तिज़ार क्या

सीखी है तरह सीना-फ़िगारी की सब मिरी
लाए थे साथ चाक-ए-दिल ऐसा अनार क्या

सरकश किसू से ऐसी कुदूरत रखे वो शोख़
हम उस की ख़ाक-ए-राह हैं हम से ग़ुबार क्या

ने वो निगह चुभी है न वे पलकें गड़ गईं
क्या जानिए कि दिल को है ये ख़ार ख़ार क्या

---

1. अपमानित 2. भ्रम 3. आविर्भाव 4. जन्मजात बन्दी 5. हवा 6. पदचिन्हों की भाँति।

लेता है अब्र अब तईं इस नाहिए से आब
रोए हैं हम भी बरसों तईं ज़ार ज़ार क्या

आशिक़ के दिल से रख न तसल्ली कि चश्म-दाश्त
है बर्क़ पारा ये इसे आवे क़रार क्या

सोहबत रही बिगड़ती ही उस कीना-वर से आह
हम जानते नहीं हैं कि होता है प्यार क्या

मुद्दत से जर्गा जर्गा सर-ए-तीर हीं ग़ज़ाल
कम हो गया है यारों का ज़ौक़-ए-शिकार क्या

मारा हो एक-दो को तो हो मुद्दई[7] कोई
कुश्तों[8] का उसके रोज़े जज़ा[9] में शुमार[10] क्या

पाते हैं अपने हाल[11] में मज्बूर सबको हम
कहने को इख़्तियार[12] है, पर इख़्तियार क्या

आख़िर ज़माना-साज़ी से खोया न वक्र-ए-मीर
ये इख़्तियार तुम ने किया रोज़गार क्या

---

7. प्रतिवादी 8. मरे हुए 9. प्रलय के दिन 10. गिनती 11. दशा 12. अधिकार।

69

बंधा रात आंसू का कुछ तार-सा
हुआ अब्रे रहमत गुनाहगार[2] सा

कोई सादा ही उसको सादा कहे
लगे है हमें तो वो अय्यार[3] सा

गुलो सर्व[4] अच्छे सभी हैं वले[5]
न निकला चमन में कोई यार-सा

फ़लक[6] ने बहुत खींचे आज़ार[7] लेक
न पहुँचा बहम[8] उस दिलआज़ार[9] सा

मगर आँख तेरी भी चिपकी कहीं
टपकता है चितवन[10] से कुछ प्यार-सा

---

1. दयारूपी बादल 2. अपराधी 3. चालाक 4. फूल और पौधे 5. लेकिन 6. आकाश 7. कष्ट उठाना 8. उपलब्ध होना 9. दिल दुखाने वाला 10. दृष्टि।

70

बग़ैर दिल[1] कि ये क़ीमत है सारे आलम की
किसू से काम नहीं रखती जिंस[2] आदम की

कोई हो महरमे शोख़ी[3] तेरा तो मैं पूछूं
कि बज़्मे ऐशे जहां[4] क्या समझ के बरहम[5] की

हमें तो बाग़ की तकलीफ़ से मुआफ़ रखो
कि सैरो गश्त[6] नहीं रस्म अह्ले मातम[7] की

क़फ़स[8] में 'मीर' नहीं जोशे दाग़[9] सीने पर
हवस[10] निकाली है हमने भी गुल के मौसम की

---

1. दिल के बिना 2. वस्तु 3. चंचलता को जानने वाला 4. संसार के भोग-विलास की सभा 5. बरबाद 6. सैर 7. शोक मनाने वाले 8. पिंजरा 9. दाग़ों की अधिकता 10. लोलुपता।

71

बात क्या आदमी की बन आयी
आसमां से ज़मीन नपवायी

चर्ख़ज़न[1] उसके वास्ते हैं मुदाम[2]
हो गया दिन तमाम रात आयी

माह ओ ख़ुरशीद ओ अब्रे बाद ओ[3] सभी
उसकी ख़ातिर हुए हैं सौदाई[4]

कैसे-कैसे किये तरद्दुद[5] जब
रंग-रंग[6] उसको चीज़ पहुँचायी

उसको तरजीह[7] सबके ऊपर दे
लुत्फ़े हक़[8] ने की इज़्ज़त अफ़्ज़ायी[9]

हैरत[10] आती है उसकी बातें देख
ख़ुदसरी[11] ख़ुदसिताई[12] ख़ुदराई[13]

---

1. घूमने वाला 2. हमेशा 3. चाँद, सूरज, बादल और हवा 4. पागल 5. सोच-विचार 6. विभिन्न प्रकार की 7. प्रधानता 8. परमात्मा की कृपा 9. सम्मान देना 10. आश्चर्य 11. बगावत 12. आत्मप्रशंसा 13. मनमानी

शुक्र[14] के सज्दों में ये वाजिब[15] था
ये भी करता सदा जबीं-साई[16]

14. आभार प्रदर्शित करना 15. उचित 16. माथा टेकना।

72

बेताब जी को देखा दिल को कबाब देखा
जीते रहे थे क्यों हम जो ये अज़ाब[1] देखा

पौदा सितम का जिसने इस बाग़ में लगाया
अपने किये का उन ने समरा[2] शिताब[3] देखा

दिल का नहीं ठिकाना बाबत[4] जिगर की गुम है
तेरे बलाकशों[5] का हमने हिसाब देखा

आबाद जिसमें तुझको देखा था एक मुद्दत
उस दिल की मुम्लिकत[6] को अब हम ख़राब देखा

लेते ही नाम उसका सोते से चौंक उठे हो
है ख़ैर 'मीर' साहब कुछ तुमने ख़्वाब देखा

---

1. दुःख 2. फल 3. शीघ्र 4. खाता 5. कष्ट उठाने वाला 6. राष्ट्र।

73

बेरंग बेसबाती[1] ये आस्तां बनाया
बुलबुल ने क्या समझकर यां आशियां[2] बनाया

उड़ती है ख़ाक यारब[3] शाम ओ सहर[4] जहाँ में
किस के गुज़ारे दिल[5] से ये ख़ाकदां[6] बनाया

इक रंग पर न रहना यां का अजब[7] नहीं है
क्या-क्या न रंग लाये तब ये जहाँ बनाया

नक़्शे क़दम[8] से उसके गुलशन की तरह[9] डाली
गर्दे रह[10] उसकी लेकर सर्वे रवां[11] बनाया

इस सहन[12] पर ये बुसअत[13] अल्लाह रे तेरी सन्अत[14]
मेमार[15] ने क़ज़ा[16] के दिल क्या मकां बनाया

---

1. नश्वर 2. घोंसला 3. हे परमात्मा 4. शाम-सवेरे 5. दिल की राख 6. मिट्टी से बना संसार 7. आश्चर्य 8. पदचिन्ह 9. नींव 10. रास्ते की धूल 11. सरो नामक सदाबहार वृक्ष 12. आँगन 13. विस्तार 14. कारीगरी 15. निर्माता 16. मौत।

74

भरे रहते हैं सारे फूल ही जिसके गरेबां में
वो क्या जाने कि टुकड़े हैं जिगर के मेरे दामां[1] में

ख़याले यार[2] में आगे हैं यक महपारा[3] या हरदम
अगर हिज्रां[4] में ज़िन्दानी[5] हूँ, पर हूँ यूसुफ़िस्तां[6] में

रखा अर्सा[7] जुनूं[8] पर तंग[9] मुश्ताक़ों[10] की दूरी से
किसे मारा है उस धतिये ने सम्मुख हो के मैदां में

जहाँ से देखिये इक शेरे शोर अंगेज़[11] निकलेंगे
क़यामत का-सा हंगामा है हर जा[12] मेरे दीवां[13] में

हवा ए अब्र[14] में क्या 'मीर' हंसता बाग़ में वो जो
गिरी पड़ती है बिजली आज कुछ सहने गुलिस्तां[15] में

---

1. दामन 2. प्रेमिका का ध्यान 3. चाँद का टुकड़ा 4. विरह 5. बन्दी 6. सौन्दर्यपूर्ण नगर 7. अवधि 8. पागलपन 9. छोटा 10. जिज्ञासु 11. धूमधाम का शोर 12. हर जगह 13. काव्य संग्रह 14. बादलों के साये में चलने वाली हवा 15. बाग़ का आँगन।

75

मज़हब[1] से मेरे क्या तुझे, तेरा दयार[2] और
मैं और, यार और, मेरा कारोबार और

चलता है काम मर्ग[3] का ख़ूब उसके दौर[4] में
होती है गिर्द[5] शह्र के रोज़ इक मज़ार[6] और

बन्दे को उन फ़क़ीरों में गिनिये न शह्र के
साहब ने मेरे मुझको दिया एतबार[7] और

दर्दे सर अब जो इश्क़ का है गोर[8] तक है साथ
कुछ ये नशा ही और है इसका ख़ुमार[9] और

काहे को इस क़रार[10] से था इज़्तेएराब-ओ-क़ल्क़[11]
होता है हाथ रखने से दिल बेक़रार और

किसको फ़क़ीरी में सर ओ दिल हर्फ़[12] का है 'मीर'
करते हैं इस दिमाग़ पे हम इन्किसार[13] और

---

1. धर्म 2. स्थान 3. मृत्यु 4. ज़माना दु. आस-पास 6. क़ब्र 7. भरोसा 8. चिंतन 9. नशा 10. प्रकार 11. दिल की बेचैनी 12. अक्षर 13. विनम्रता।

76

मरते हैं हम तो आदमे ख़ाक़ी[1] की शान पर
अल्लाह रे दिमाग़ कि है आसमान पर

कुछ हो रहेगा इश्क़ो हवस[2] में भी इम्तियाज़[3]
आया है अब मिज़ाज़[4] तेरा इम्तिहान पर

मुहताज[5] को ख़ुदा न निकाले कि जूं हिलाल[6]
तशहीर[7] कौन शह्र में हो पारा नान[8] पर

शोख़ी[9] तो देखो आप कहा आओ बैठो 'मीर'
पूछा कहाँ तो बोले कि मेरी ज़ुबान पर

---

1. मिट्टी का पुतला 2. प्रेम और लोभ 3. विशेष 4. स्वभाव 5. विवश 6. नया चाँद 7. यश 8. रोटी का टुकड़ा 9. चंचलता।

77

देखेगा जो तुझ रो को सो हैरान रहेगा
वाबस्ता तिरे मू का परेशान रहेगा

वा'दा तो किया इस से दम-ए-सुब्ह का लेकिन
उस दम तईं मुझ में भी अगर जान रहेगा

मुनइम[1] ने बिना[2] ज़ुल्म की रख घर तो बनाया
पर आप कोई रात ही मेहमान रहेगा

छूटूं कहीं ईज़ा[3] से लगा एक ही जल्लाद[4]
ता हश्र[5] मेरे सर पे ये अहसान रहेगा

चिमटे रहेंगे दश्त-ए-मोहब्बत में सर-ओ-तेग़
महशर तईं ख़ाली न ये मैदान रहेगा

जाने का नहीं शोर सुख़न का मेरे हरगिज़
ता हश्र जहां[6] में मेरा दीवान[7] रहेगा

दिल देने की ऐसी हरकत उन ने नहीं की
जब तक जियेगा 'मीर' पशेमान रहेगा

---

1. धनवान् 2. नींव 3. कष्ट 4. सर काटने वाला 5. प्रलय के दिन तक 6. संसार 7. काव्य संग्रह।

78

मुँह तका ही करे है जिस-तिस का
हैरती[1] है ये आईना किसका

शाम से कुछ बुझा-सा रहता है
दिल हुआ है चिराग़ मुफ़लिस का

फ़ैज़[2] ऐ अब्र[3] चश्मे तर[4] से उठा
आज दामन वसीअ[5] है इसका

थे बुरे मुग़बचों के तेवर लेक
शैख़ मय-ख़ाने से भला खिसका

दाग़ आँखों से खिल रहे हैं सब
हाथ दस्ता हुआ है नर्गिस का

बहर कम-ज़र्फ़ है बसान-ए-हबाब
कासा-लैस अब हुआ है तू जिस का

---

1. चकित 2. लाभ 3. बादल 4. आँसू भरी हुई आँखें 5. फैला हुआ

ताब किसको जो हाले 'मीर' सुने
हाल ही और कुछ है मजलिस[6] का

6. सभा।

79

मेह्र[1] की तुझसे तवक़्क़ो[2] थी सितमगर[3] निकला
मोम समझे थे तेरे दिल को सो पत्थर निकला

दाग़ हूँ रश्के मुहब्बत[4] से कि इतना बेताब
किसकी तस्कीं[5] के लिए घर से तू बाहर निकला

जीते जी आह तेरे कूचे से कोई न फिरा
जो सितमदीदा[6] रहा, जा के सो मर कर निकला

दिल की आबादी की इस हद है ख़राबी कि न पूछ
जाना जाता है कि इस राह से लश्कर निकला

अश्के तर[7], क़तर ए ख़ूं[8], लख़्ते जिगर[9], पार-ए-दिल[10]
एक से एक अदद[11] आँख से बहकर निकला

हमने जाना था लिखेगा तू कोई हर्फ़ ऐ 'मीर'
पर तेरा नामा[12] तो इक शौक़ का दफ़्तर निकला

---

1. प्रेम 2. आशा 3. अत्याचारी 4. प्रेम की ईर्ष्या 5. सन्तुष्टि 6. मुसीबत का मारा आँसू 8. लहू की बूँदें 9. जिगर का टुकड़ा 10. दिल का टुकड़ा 11. नग 12. पत्र।

80

मौसमे अब्र[1] हो, सुबू[2] भी हो
गुल[3] हो, गुलशन[4] हो और तू भी हो

कब तक आईने[5] का ये हुस्न क़ुबूल[6]
मुँह तेरा इस तरफ़ कभू भी हो

सरकशी गुल की ख़ुश नहीं आती
नाज़[7] करने का वैसा रू भी हो

किसको बुलबुल है दमकशी का दिमाग़
हो तो गुल की ही गुफ़्तगू[8] भी हो

दिल तमन्ना कदा[9] तो है पर 'मीर'
हो तो उसकी ही आरज़ू[10] भी हो

1. बरसात का मौसम 2. शराब 3. फूल 4. उपवन 5. दर्पण 6. रूप की स्वीकारोक्ति 7. घमण्ड 8. बातचीत 9. मकान 10. अभिलाषा।

81

न मेरे बा'इस-ए-शोर-ओ-फ़ुग़ाँ हो
अभी क्या जानिए याँ क्या समाँ हो

यही मशहूरे आलम[1] हैं दो आलम
ख़ुदा जाने मिलाप उससे कहाँ हो

जहाँ सिज्दे[2] में हमने गश[3] किया था
वहीं शायद कि उसका आस्तां[4] हो

न होवे वस्फ़ उन बालों का मुझ से
अगर हर मू मिरे तन पर ज़बाँ हो

जिगर तो छन गया तीरों के मारे
तुम्हारी किस तरह ख़ातिर निशाँ हो

न दिल से जा ख़ुदा की तुझ को सौगंद
ख़ुदाई में अगर ऐसा मकाँ हो

---

1. विश्वप्रसिद्ध 2. माथा टेकना 3. बेहोश 4. चौखट।

तुम ऐ नाज़ुक तनां[5] हो वह कि सब के
तमन्ना ए दिल[6] व आराम ए जां[7] हो

किनारा यूं किया जाता नहीं फिर
अगर पाए मुहब्बत[8] दरमियां[9] हो

हुए हम पीर सो साकित हैं अब 'मीर'
तुम्हारी बात क्या है तुम जवाँ हो

---

5. कोमल 3शरीर वाले 6. दिल की कामना 7. आत्मा की शान्ति 8. प्रेम-सम्बन्ध 9. बीच में।

82

यारो मुझे मुआफ़[1] रखो, मैं नशे में हूँ
अब दो तो जाम[2] ख़ाली ही दो, मैं नशे में हूँ

मस्ती से दरहमी[3] है मेरी गुफ़्तगू[4] के बीच
जो चाहो तुम भी मुझको कहो, मैं नशे में हूँ

या हाथों-हाथ लो मुझे मानिन्दे जामे मै[5]
या थोड़ी दूर साथ चलो, मैं नशे में हूँ

माज़ूर[6] हूँ जो पाँव मेरा बेतरह[7] पड़े
तुम सरगिरां[8] तो मुझसे न हो, मैं नशे में हूँ

भागी नमाज़े जुम्मा[9] तो जाती नहीं है कुछ
चलता हूँ मैं भी टुक तो रहो, मैं नशे में हूँ

नाज़ुक मिज़ाज़[10] आप क़यामत[11] हैं 'मीर' जी
जूं शीशा[12] मेरे मुँह न लगो, मैं नशे में हूँ

---

1. क्षमा 2. मदिरा-पात्र 3. अस्त-व्यस्त 4. बातचीत 5. मदिरा-पात्र की भाँति 6. विवश 7. आड़ा-तिरछा 8. अप्रसन्न 9. जुम्मे की नमाज़ 10. कोमल प्रवृत्ति वाला 11. प्रलय 12. बोतल की भाँति।

83

ये चश्म[1] आईनादारे रू[2] थी किसू की
नज़र इस तरफ़ भी कभू थी किसू की

सहर पा ए गुल[3] बेख़ुदी[4] हमको आयी
कि उस सुस्त पैमां[5] में बू थी किसू की

ये सरगश्ता[6] जब तक रहा इस चमन में
बरंगे सबा[7] जुस्तजू[8] थी किसू की

जलाया शब[9] इक शोल ए दिल[10] ने हमको
कि उस तुन्द[11] सरकश[12] में ख़ू[13] थी किसू की

दमे मर्ग[14] दुश्वार[15] दी जान उन ने
मगर 'मीर' को आरज़ू थी किसू की

---

1. आँखें 2. चेहरे को देखने वाली 3. फूल के पाँव 4. स्वयं को भूलने की दशा 5. वचन का कच्चा 6. आवारा 7. हवा की भाँति 8. तलाश 9. रात 10. दिल की आग 11. प्रचण्ड 12. बारी 13. आदत 14. मरते समय 15. मुश्किल से।

84

ये सरा सोने की जागह नहीं बेदार[1] रहो
हमने कर दी है ख़बर तुमको ख़बरदार रहो

लाग अगर दिल को नहीं, लुत्फ़[2] नहीं जीने का
उलझे-सुलझे किसू काकुल[3] के गिरिफ़्तार रहो

गर्चे वो गौहरे तर[4] हाथ नहीं लगता, लेक[5]
दम में दम जब तईं है, उसके तलबगार[6] रहो

सारे बाज़ारे जहां[7] का है यही मोल ऐ 'मीर'
जाने को बेच के भी दिल के ख़रीदार रहो

---

1. जाने हुए 2. मज़ा 3. बालों की लटें 4. चमकदार मोती 5. लेकिन 6. इच्छुक 7. बाज़ाररूपी दुनिया।

85

रफ़्तगां[1] में जहां[2] के हम भी हैं
साथ उस कारवां[3] के हम भी हैं

शम्आ ही सर न दे गयी बरबाद
कुश्ता[4] अपनी ज़ुबां के हम भी हैं

जिस चमनज़ार[5] का है तू ये तर[6]
बुलबुल उस गुलिस्तां के हम भी हैं

बोसा[7] मत दे किसू के दर[8] पे नसीम[9]
ख़ाक उस आस्तां[10] के हम भी हैं

वज्हे बेगानगी[11] नहीं मालूम
तुम जहां के हो, वां के हम भी हैं

अपना शेवा[12] नहीं कजी[13] यूं तो
यार जी टेढ़े-बांके हम भी हैं

---

1. गुज़रे हुए लोग 2. संसार 3. काफ़िला 4. मृतक 5. उपवन 6. ताज़ा फूल 7. चुम्बन 8. दरवाज़ा 9. हवा 10. चौखट 11. अनजानेपन का कारण 12. चलन 13. टेढ़ापन।

86

राह-ए-दूर-ए-इश्क़ में रोता है क्या
आगे आगे देखिए होता है क्या

सब्ज़[2] होती ही नहीं ये सरज़मीं[3]
तुख़्मे ख़्वाहिश[4] दिल में तू बोता है क्या

ये निशान-ए-इश्क़ हैं जाते नहीं
दाग़ छाती के अबस धोता है क्या

क़ाफ़िले में सुब्ह के इक शोर है
या'नी ग़ाफ़िल हम चले सोता है क्या

ग़ैरते युसुफ़ है ये वक़्ते अज़ीज़[5]
'मीर' इसको राएगां[6] खोता है क्या

---

1. प्रेम का लम्बा मार्ग 2. हरी 3. भूमि 4. इच्छा का बीज 5. बहुमूल्य समय 6. व्यर्थ।

87

लब[1] तेरे लाले नाब[2] हैं दोनों
पर तमामी[3] इताब[4] हैं दोनों

है तकल्लुफ[5] नक़ाब[6] वे रुख़सार[7]
क्या छुपे आफ़ताब[8] हैं दोनों

तन के मामूरे[9] में यही दिल ओ चश्म[10]
घर थे दो, सो ख़राब हैं दोनों

सौ जगह उसकी आँखें पड़ती हैं
जैसे मस्ते शराब[11] हैं दोनों

पांव में वो नशा तलब[12] का नहीं
अब तो सरमस्ते ख़्वाब[13] हैं दोनों

एक सब आग, एक सब पानी
दीदा ओ दिल[14] अज़ाब[15] हैं दोनों

---

1. होठ 2. शुद्ध रत्न 3. सब 4. क्रोध 5. शिष्टाचार 6. आवरण 7. गाल 8. सूरज 9. आबादी 10. दिल और आँखें 11. मदिरा में धुत 12. इच्छा 13. नींद में डूबे हुए 14. आँखें और हृदय 15. मुसीबत

आगे दरिया थे दीद ए तर[16] 'मीर'
अब जो देखो सराब[17] हैं दोनों

16. आँसू भरी आँखें 17. मृग-मरीचिका।

88

लाइलाजी[1] से जो रहती है मुझे आवारगी
कीजिये क्या 'मीर' साहब बन्दगी[2] बेचारगी[3]

कैसी-कैसी सुह्बतें[4] आँखों के आगे से गयीं
देखते ही देखते क्या हो गया यकबारगी[5]

अश्के ख़ूनी[6] आँख में भर ला के पी जाता हूँ मैं
मुहतसिब[7] रखता है मुझ पर तुह्मते मैख़्वारगी[8]

मत फ़रेबे सादगी[9] खा इन सियहचश्मों[10] का 'मीर'
इनकी आँखों से टपकती है बड़ी अय्यारगी[11]

---

1. जिसका इलाज न हो सके 2. आराधना 3. मज़बूरी 4. संगत 5. अचानक 6. ख़ून के आँसू 7. मद्य-निषेध निरीक्षक 8. मदिरापान का आरोप 9. सादगी का धोखा 10. काली आँखों वाले 11. चालाकी।

89

लुत्फ़[1] अगर ये है बुतां[2] सन्दले पेशानी[3] का
हुस्न क्या सुबह के फिर चेहरा ए नूरानी[4] का

कुफ़्र[5] कुछ चाहिए इस्लाम की रौनक के लिए
हुस्ने ज़ुन्नार[6] है तस्बीहे सुलेमानी[7] का

दरहमी[8] हाल की है सारे मेरे दीवां में
सैर कर तू भी ये मजमुआ[9] ए परेशानी का

जान घबराती है अन्दोह[10] से तन में क्या-क्या
तंग अहवाल[11] है इस युसुफ़े ज़िन्दानी का

खेल लड़कों का समझते थे मुहब्बत के तई
है बड़ा हैफ़[12] हमें अपनी भी नादानी का

उसका मुँह देख रहा हूँ सो वही देखूं हूँ
नक़्श[13] का-सा है समां[14] मेरी भी हैरानी का

---

1. आनन्द 2. सुन्दरियाँ 3. माथे पर लगा चन्दन 4. प्रकाशमान मुख 5. नास्तिकता 6. यज्ञोपवीत 7. जपने वाली माला 8. ख़राबी 9. संग्रह 10. दुःख 11. दशा 12. खेद 13. चित्र 14. दृश्य।

बुतपरस्ती[15] को तो इस्लाम नहीं कहते हैं
मोतक़िद[16] कौन है 'मीर' ऐसी मुसलमानी का

15. मूर्तिपूजा 16. श्रद्धालु।

90

हर-दम तरफ़ है वैसे मिज़ाज करख़्त का
टुकड़ा मिरा जिगर है कहो संग सख़्त का

सब्ज़ाने ताज़ा रू[1] की जहाँ जल्वागाह[2] थी
अब देखिये तो वां नहीं साया दरख़्त का

जूं बर्ग हाए लाला[3] परीशान हो गया
मज़्कूर[4] क्या है अब जिगर ए लख़्त-लख़्त[5] का

दिल्ली में आज भीख भी मिलती नहीं उन्हें
था कल तलक दिमाग़[6] जिन्हें ताज ओ तख़्त का

ख़ाके सियह[7] से मैं जो बराबर हुआ हूँ 'मीर'
साया पड़ा है मुझ पे किसू तीराबख़्त[8] का

---

1. नये ओ हुए पौधे 2. दर्शन स्थल 3. गुलाम 4. चर्चा 5. टुकड़े-टुकड़े जिगर 6. घमण्ड 7. अभागा 8. छोटा भाला।

91

सुना है हाल तेरे कुश्तगां[1] बेचारों का
हुआ न गौर गढ़ा[2] उन सितम के मारों का

हज़ार रंग खिले गुल चमन के हैं शाहिद[3]
कि रोज़गार[4] के सर ख़ून है हज़ारों का

मिला है ख़ाक में किस-किस तरह का आलम यां
निकल के शह्र[5] से टुक सैर कर मज़ारों का

निगाहे मस्त[6] के मारे तेरी ख़राब हैं शोख़[7]
न ठौर है, न ठिकाना है होशयारों का

करे हैं दावा ए ख़ुशचश्मी[8] आहूवान ए दश्त[9]
टुक एक देखने चल मुल्क़ उन गंवारों का

तड़प के मरने से दिल के कि मग्फ़िरत[10] हो उसे
जहाँ में कुछ तो रहा नाम बेक़रारों का

---

1. क़त्ल किये हुए 2. अन्तिम संस्कार 3. गवाह 4. संसार 5. दुनिया 6. मस्त नयन 7. चंचल 8. नेत्रों की सुन्दरता का दावा 9. जंगल के हिरण 10. मुक्ति।

तड़प के ख़िरमने गुल[11] पे कभी गिर ऐ बिजली
जलाना क्या ऐ मेरे आशियां[12] के ख़ारों का[13]

11. फूलों का ढेर 12. घोंसला 13. कांटों का।

92

जाना कि शग़ल रखते हो तीर-ओ-कमाँ से तुम
पर मिल चला करो भी कसो ख़स्ता-जाँ से तुम

हम अपनी चाके जैब[1] को सी रहते या नहीं
फाटे में पाँव देने को आये कहाँ से तुम

अब देखते हैं ख़ूब तो वो बात ही नहीं,
क्या-क्या वगरना कहते थे अपनी ज़ुबां से तुम

तिनके भी तुम ठहरते कहीं देखे हैं तनिक
चश्म-ए-वफ़ा रखो न ख़सान-ए-जहाँ से तुम

जाओ न दिल से मंज़र-ए-तन में है जा यही
पछताओगे उठोगे अगर इस मकाँ से तुम

क़िस्सा मिरा सुनोगे तो जाती रहेगी नींद
आराम चश्म मत रखो इस दास्ताँ से तुम

1. फटा हुआ दामन

खुल जायेंगी फिर आँखें जो मर जायेगा कोई
आते नहीं हो बाज़ मेरे इन्तिहां[2] से तुम

जितने थे कल तुम आज नहीं पाते उतना हम
हरदम चले ही जाते हो आबे रवां[3] से तुम

रहते नहीं हो बन गए 'मीर' उस गली में रात
कुछ राह भी निकालो सग-ओ-पास्बाँ से तुम

---

2. परीक्षा 3. बहता हुआ पानी।

93

हम जानते तो इश्क़ न करते किसू के साथ
ले जाते दिल को ख़ाक में इस आरज़ू[1] के साथ

था अक्स उस की क़ामते दिलकश[2] का बाग़ में
आँखें चली गयी हैं लगी आब जू[3] के साथ

नाज़ां[4] हो उसके सामने क्या गुल[5] खिला हुआ
रखता है लुत्फ़े नाज़[6] भी रू ए निकू[7] के साथ

हम ज़र्द काहे ख़ुश्क[8] से निकले हैं ख़ाक से
बालीदगी[9] न ख़ल्क़[10] हुई इस नुमू[11] के साथ

---

1. कामना 2. मनमोहक 3. बहता पानी 4. गर्वित 5. फूल 6. सौन्दर्याभिमान का आनन्द 7. सुन्दर मुखड़ा 8. सूखी घास 9. उपज 10. निर्माण 11. बढ़ना।

94

हमने जाना था सुख़न[1] होंगे ज़ुबां[2] पर कितने
पर क़लम हाथ जो आयी लिखे दफ़्तर कितने

मैंने उस क़त्अ ए सन्नाअ[3] से सर खींचा है
कि इर इक कूचे में जिसके थे हुनरवर[4] कितने

आह निकली है ये किसकी हवस ए सैरे बहार[5]
आते हैं बाग़ में आवारा हुए पर कितने

देखियो पंजा ए मिज़गां[6] की दुक आतशदस्ती[7]
हर सहर[8] ख़ाक में मिलते हैं दुरे तर[9] कितने

उम्र गुज़री कि नहीं दूदा ए आदम[10] से कोई
जिस तरफ़ देखिये अर्से[11] में हैं अब ख़र[12] कितने

---

1. बोल 2. जीभ 3. कारीगरों के रहने का स्थान 4. कलाकार 5. बहार में सैर करने की इच्छा 6. पलकों का पंजा 7. अत्याचार 8. सुबह 9. आँसू 10. आदम का ख़ानदान 11. संसार 12. गधा।

तू है बेचारा गदा[13] 'मीर' तेरा क्या मज़्कूर[14]
मिल गये ख़ाक में यां साहब ए अफ़सर[15] कितने

13. फ़क़ीर 14. चर्चा 15. ओहदेदार।

95

हमारे आगे तेरा जब किसू ने नाम लिया
दिले सितमज़दा[1] को हमने थाम-थाम लिया

क़सम जो खाइए तो ताला-ए-ज़ुलेख़ा की
अज़ीज़-ए-मिस्र का भी साहब इक ग़ुलाम लिया

ख़राब रहते थे मस्जिद के आगे मैख़ाने
निगाहे मस्त ने साक़ी की इन्तिक़ाम लिया

वो कज रविश[2] न मिला रास्ते में[3] मुझसे कभी
न सीधी तरह से उन ने मेरा सलाम लिया

मेरे सलीके से मेरी निभी मुहब्बत में
तमाम उम्र मैं नाकामियों से काम लिया

मज़ा दिखावेंगे बे-रहमी का तिरी सय्याद
गर इज़्तिराब-ए-असीरी ने ज़ेर-ए-दाम लिया

---

1. दुखी हृदय 2. टेढ़ी बात करने वाला 3. सीधी तरह

अगर्चे गोशागुज़ी[4] हूँ मैं शाइरों में 'मीर'
प मेरे शोर ने रू ए ज़मीं[5] तमाम लिया

4. एकान्तवासी 5. धरती की सतह।

96

हर ज़ीहयात[1] का है सबब जो हयात का
निकले है जी ही उसके लिए काइनात[2] का

बिखरी है ज़ुल्फ़ उस रुख़े आलमफ़रोज़[3] पर
वरना बनाव होवे न दिन और रात का

उसके फ़रोग़े हुस्न[4] से झमके है सब में नूर[5]
शम ए हरम[6] हो या कि दिया सोमनात का

क्या मीर तुझको नामासियाही[7] का फ़िक्र है
ख़त्मे रसुल-सा[8] शख़्स है ज़ामिन[9] निज़ात[10] का

---

1. प्राणी 2. सृष्टि 3. सृष्टि को अपनी रौशनी से चमका देने वाला मुखड़ा 4. सौन्दर्य का उजाला 5. रौशनी 6. काबे का दिआ 7. कर्मपत्र की कालिख 8. अन्तिम रसूल 9. ज़मानत देने वाला 10. मुक्ति।

97

हस्ती[1] अपनी हुबाब[2] की-सी है
ये नुमाइश सराब[3] की-सी है

नाज़ुकी उसके लब[4] की क्या कहिये
पंखुड़ी इक गुलाब की-सी है

चश्म-ए-दिल खोल इस भी आलम पर
याँ की औक़ात ख़्वाब की सी है

बार-बार उसके दर पे जाता हूँ
हालत अब इज़्तिराब[5] की-सी है

मैं जो बोला कहा कि ये आवाज़
उसी ख़ानाख़राब[6] की-सी है

नुक़्ता-ए-ख़ाल से तिरा अबरू
बैत इक इंतिख़ाब की सी

1. अस्तित्व 2. बुलबुला 3. मरीचिका 4. होठ 5. बेचैनी 6. बरबाद

आतिश-ए-ग़म में दिल भुना शायद
देर से बू कबाब की सी है

देखिए अब्र की तरह अब के
मेरी चश्म-ए-पुर-आब की सी है

'मीर' उन नीमबाज़[7] आँखों में
सारी मस्ती शराब की-सी है

---

7. अधखुली।

98

हाथ से तेरे अगर मैं नातवां[1] मारा गया
सब कहेंगे ये कि क्या इक नीमजां[2] मारा गया

वस्ल ओ हिज्रां[3] ये जो दो मंज़िल[4] हैं राहे इश्क़[5] की
दिल ग़रीब इनमें ख़ुदा जाने कहाँ मारा गया

दिल ने सर खेंचा दयारे इश्क़[6] में ऐ बुलहवस[7]
वो सरापा आरज़ू[8] आख़िर जवां मारा गया

कब नियाज़े इश्क़[9] नाज़े हुस्न[10] से खींचे है हाथ
आख़िर-आख़िर 'मीर' सर बर आस्तां[11] मारा गया

---

1. कमज़ोर 2. अधमरा 3. मिलन और विरह 4. पड़ाव 5. प्रेम का मार्ग 6. प्रेमनगर 7. बहुत लालची 8. पूर्ण अभिलाषा 9. प्रेम की आस्था 10. सौन्दर्य का अभिमान 11. चौखट पर सर रखे हुए।

99

है आग का-सा नाल-ए-काहिश फ़िज़ा[1] का रंग
कुछ और सुबह दम से हुआ है हवा का रंग

देखे इधर तो मुझ से न यूं आँख वह छुपाये
ज़ाहिर है मेरे मुँह से मेरे मुद्दआ[2] का रंग

किस बेगुनाह[3] के ख़ूं[4] में तेरा पड़ गया है पाँव
होता नहीं है सुर्ख़[5] तो ऐसा हिना[6] का रंग

बे-गह शिकस्ता-रंगी-ए-ख़ुर्शीद क्या 'अजब
होता है ज़र्द बेशतर अहल-ए-फ़ना का रंग

गुल[7] पैरहन न चाक[8] करें क्योंकि रश्क[9] से
किस मर्तबे में[10] शोख[11] है उसकी क़बा[12] का रंग

रहता था इब्तिदा-ए-मोहब्बत में मुँह सफ़ेद
अब ज़र्द सब हुआ हूँ ये है इंतिहा का रंग

---

1. कष्ट देने वाला आर्त्तनाद 2. उद्देश्य 3. निरपराध 4. लहू 5. लाल 6. मेंहदी 7. फाडना 8. फूल 9. ईर्ष्या 10. अधिक 11. तेज़ 12. कपड़े

दारू-ए-ला'ल-गूँ न पियो मीरज़ा हो तुम
गर्मी पे है दलील बहुत इस दवा का रंग

ख़ूबी है उस की हय्यिज़-ए-तहरीर से बरूँ
क्या उस का तौर-ए-हुस्न लिखूँ क्या अदा का रंग

पूँछे हैं वज्हे गिरिया ए ख़ूनी[13] जो मुझसे लोग
क्या देखते नहीं हैं सब उस बेवफ़ा का रंग

मक़्दूर[14] तक न गुज़रे मेरे ख़ूं से यार 'मीर'
ग़ैरों से क्या गिला[15] है ये है आश्ना[16] का रंग

13. ख़ून के आँसू बहाने का कारण 14. सम्भव 15. शिकायत 16. परिचित

100

है इश्क़ में सब्र[1] नागवारा[2]
फिर सब बिन और क्या है चारा

यूं बात करे है मेरे खूं की
गोया[3] नहीं उसने मुझको मारा

देखो हो तो दूर भागते हो
कुछ पास नहीं तुम्हें हमारा

था किसको दिमाग़े बाग़[4] उस बिन
बुलबुल ने बहुत मुझे पुकारा

जब जी से गुज़र गये हम 'मीर'
उस कूचे[5] में तब हुआ गुज़ारा

---

1. धैर्य 2. बुरा लगना 3. मानो 4. बाग़ में जाने की इच्छा 5. गली।

101

है तहे दिल[1] बुतों[2] का क्या मालूम
निकले परदे से क्या ख़ुदा मालूम

यही जाना कि कुछ न जाना हाय
सो भी इक उम्र में हुआ मालूम

इल्म[3] सब को है यां कि सब तू है
फिर है अल्लाह कैसा नामालूम

गचे तू ही है सब जगह लेकिन
हमको तेरी नहीं है जा[4] मालूम

1. दिल की गहराई 2. मूर्ति, प्रेमिका 3. ज्ञान 4. जगह।

102

होती है गर्चे कहने से यारो परायी बात
पर हम से तो थंबे न कभू मुँह पर आयी बात

कहते थे उससे मिलिये तो क्या-क्या न कहिये लेक
वो आ गया तो सामने उसके न आयी बात

अब तो हुए हैं हम भी तेरे ढब से आश्ना[1]
वां तूने कुछ कहा कि इधर हमने पायी बात

आलम[2] सियाहख़ाना[3] है किसका कि रोज़ो शब[4]
ये शोर है कि देती नहीं कुछ सुनायी बात

ख़त लिखते-लिखते 'मीर' ने दफ़्तर किये रवां
इफ़राते इश्तियाक़[5] ने आख़िर बढ़ायी बात

---

1. परिचित 2. संसार 3. काला घर 4. दिन-रात 5. उत्सुकता की अधिकता।